岩波現代文庫／文芸 279

漱石を読みなおす

小森陽一

岩波書店

目　次

第一章　猫と金之助

はじめての小説

一九〇五（明治三八）年一月、東京帝国大学の講師夏目金之助（きんのすけ）は、俳句雑誌『ホトトギス』に、『吾輩は猫である』という奇妙な小説を、「漱石」という号＝筆名のもとに発表します。中学の教科書にも載っている、多くの人によく知られた、「漱石」という小説家を誕生させたはじめての小説です。

『吾輩は猫である』は、次のように書き出されています。

吾輩は猫である。名前はまだ無い。
どこで生れたか頓（とん）と見当がつかぬ。何でも薄暗いじめ〳〵した所でニヤー〳〵泣いて居た事丈（だけ）は記憶して居る。吾輩はこゝで始めて人間といふものを見た。然（しか）もあとで聞くとそれは書生といふ人間中で一番獰悪（どうあく）な種族であつたさうだ。

題名と同じ冒頭の第一文は、それを読む読者にとって不思議な構造をもっています。「吾輩は」という尊大な一人称の部分までは、人間世界のこととして受け入れることができますが、「猫である」というところまで読んでしまうと、いきなり読者は猫世界に引き込まれるわけです。つまり読者は猫語のわかる人間という、虚構の存在の役割を突然ふりあてられてしまったことになるのです。

引き裂かれる世界

人間の世界と猫の世界という二重性。人間の言葉と猫の言葉という二重性。現実と虚構という二重性。そのどちらでもなく、またどちらでもある、一つのことが二つに分裂し、二つのまったくかけ離れたことがいともたやすく一つに結合されるような言葉の運動の中に、私たちは放り込まれたのです。

この第一文によって、小説の基本構造が出来上ったことになります。人間世界では自明であたり前なことでも、猫にとってそれは異常でとんでもないことになるのです。先の引用部のすぐあとに、人間の顔についての猫のコメントがあります。「第一毛を以て装飾されべき筈(はず)の顔がつる〳〵して丸で薬缶(やかん)だ」。猫から見れば、毛のはえていない人間の顔は、異様で化物じみて見えるのです。

けれども読者としては、人間の側から見れば、全体が毛で覆われている猫の顔の方が変だ、とも言えるわけです。つまり、猫世界の自明性を、人間の側から崩すことができるのです。

したがって、人間の世界と猫の世界という、価値体系をまったく異にする二つの閉じた世界が、猫の語りとそれを読む読者の意識の間(あわい)で交通することになります。重要なのは、この二つの世界は閉じたままで、決して開かれているわけではないということです。それは、「名前はまだ無い」という第二文に刻まれています。「吾輩」は、苦沙弥(くしゃみ)という中学校の教師の家に迷い込み、とりあえずは、その家で飼われることになるのですが、「主人」である苦沙弥先生は、「吾輩」に「名前」をつけません。

人間にとって外界の事物に「名前」をつけることとは、とりもなおさず、モノやコトそれ自体として存在する対象を、言葉に置き換え、意識の中にとり込んで認識することのできる指示対象にしてしまうことです。あるいは、モノやコトそれ自体の全体性についてはまったく認識していないにもかかわらず、「名前」をつけることでわかったつもりになって、自分の世界にとり込んでしまうということにほかなりません。

「名前」をつけないという苦沙弥先生の態度は、本人が意識しているかどうかは別にして、「吾輩」という猫を、言葉にしてしまうことで、人間世界に回収することを拒み、人間世界に対する猫の他者性を保持しつづけていることになりますし、その結果として猫の自由が確保されていくことになります。「吾輩」は確かに「主人」と言っていますが、「名前」が無いということは、奴隷のように、あるいは一般の飼い猫のように、「主人」に所有されてはいないのです。

「吾輩」に「名前」が無いという設定は、人間の世界と猫の世界という、一つの世界を二つに分裂させた領域を、いわば相互に閉じたまま、その異質性と差異性を保持したまま、かつきわだたせながら交通させることを可能にしているのです。

類の対立と個の対比

苦沙弥先生の家に居候をすることになった「吾輩」は、その書斎に自由に出入りし、日記を盗み読みするようになります。

面白いことに、一二月一日の日記では、「吾輩」という一人称が使われているのに対し、四日には「僕」という一人称が使用されているのです。いずれも習い始めたばかりの水彩画のことが書かれているのですが、他人に対していたけだかになっているときが「吾輩」で、水彩画がなかなか上達しなくて、自信を無くしたときは「僕」になっているわけです。

たった一つの一人称単数代名詞「I」しかもたない英語を教えている教師が、自分の日記の日本語では、複数の一人称的言葉を使いわけていることがわかりますし、その使いわけは自己意識の在り方の違いによって規定されてもいます。そして、他人に対して強気になったときの「吾輩」という一人称において、苦沙弥は猫と重なってくるのです。またそのことから猫が使用する「吾輩」という一人称に込められた自己意識の在り方を測定することもできます。「吾輩」と自己規定する猫の人間に対する姿勢は、他人に対していたけだかになったときの、苦沙弥の自己意識と通底しているわけです。

こうしてみると「吾輩は猫である」という一文は、この世界を猫と人間という類的な対立関係に分節化していると同時に、「吾輩」と苦沙弥(主人)という個別性のレヴェルにおける対立においても世界を分裂させていることがわかってきます。

この二つのパラメーターが交錯する中で、『吾輩は猫である』という小説における、人間世界と猫世界の関数関係が構造化されていくことになります。このことを単純に図式化してみましょう。

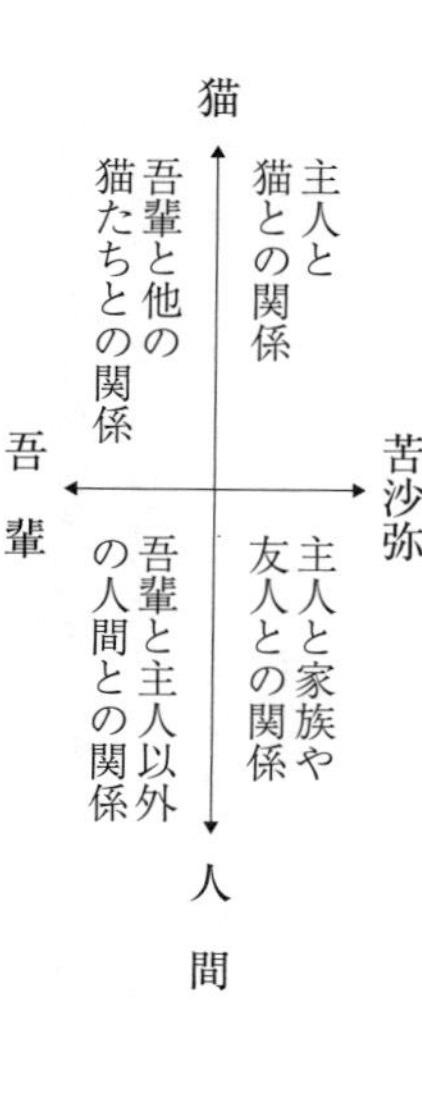

四つに分けられた世界は、『吾輩は猫である』という小説で描くことが可能になる領域を明確に指し示しています。また、どの世界を中心にしているかということからは、この小説の推移をうかがうこともできるのです。

『吾輩は猫である』という小説は、当初一回読み切りのつもりで書かれたのですが、あまりにも評判が高く人気を呼んだため、以後第一一回まで『ホトトギス』で連載されることになります。第一回と当初「続篇」とされた第二回には、四つの世界は全部登場します。しかし、第三回で「吾輩」の恋人ならぬ恋猫三毛子が死んだ後は、「吾輩」と他の猫たちとの関係を描く世界は消えてしまいます。

当然のことながら、猫世界の独自性が少なくなることと連動して、主人と猫の直接的な関係もあまり描かれなくなり、「吾輩」が主人とその友人たちの会話を、同じ場所で盗み聴きをし、それを読者に報告するという、先の図の下半分の領域が主要に描かれていくことになります。

本名と筆名

語り手である「吾輩」を含めて、この四分割された世界を読者に向かって言語化しているのは、あたりまえのことですが「漱石」という、題名である「吾輩は猫である」のすぐ脇に活字印刷された、著者名によって表象される小説の作者です。

この作者の位置を、四分割された世界との関係で図示すると次のようになります。

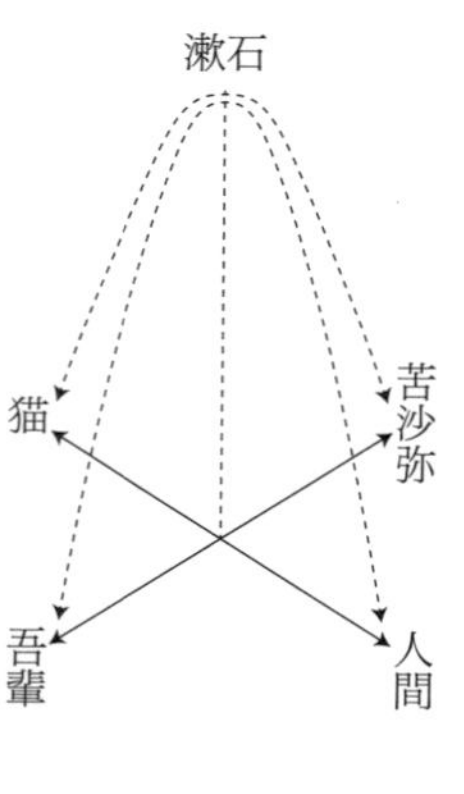

もちろん、これだけであれば小説の作品世界に対して、超越的な位置、メタ・レヴェルに立つ作者の位置を図示しただけのことになるのですが、実は事態はそう単純ではないのです。なぜなら「漱石」という筆名をもつ男は、同時に、「夏目金之助」という本名をもっていて、『吾輩は猫である』が『ホトトギス』に発表された同じとき、この「夏目金之助」の名前で、『倫敦塔(ロンドンとう)』という小説を、東京帝国大学文科大学の教職員・学生を組織した帝国文学会の機関誌『帝国文学』に発表しているからです。しかも『倫敦塔』という小説には、現実の英文学研究者、帝大講師「夏目金之助」による注釈が末尾につけられており、明らかに小説内部の語り手「余」と区別された、執筆者としての「余」があらわれてきてもいるのです。

「漱石」の書いた苦沙弥の一人称が分裂していたのと同じように、「夏目金之助」というロンドンに留学した一人の男の一人称が、作中人物と作者のそれに、同じ「余」として分裂しているのです。おそらく「夏目金之助」という本名と、「漱石」という筆名の使い分けの中に、『吾輩は猫である』という小説の秘密が隠されているのです。その秘密は、先の図の「漱石」の対極に「夏目金之助」を置いてみると、次第に解けてくることになります。

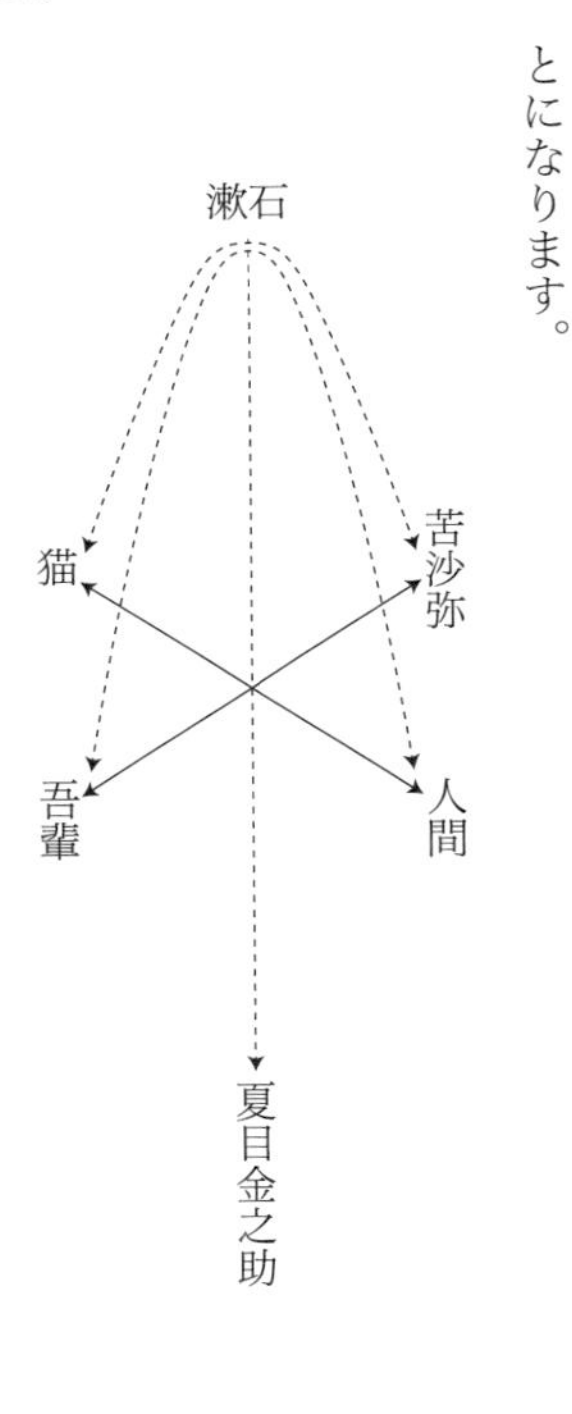

もうおわかりでしょう。「漱石」という著者がしかけた、「吾輩」対「苦沙弥」、「猫」族対「人間」族という、個的レヴェルと類的レヴェルの二重の引き裂かれとその間のゆらぎの背後に、秘かに「漱石」という筆名と「夏目金之助」という本名との分裂とゆらぎが隠されているわけです。それはまた、『ホトトギス』という俳句の同人誌と、『帝国文学』という東京帝国大学文科大学の雑誌というメディアの二重性であり、趣味に生き

る私人と、御上(おかみ)＝国家の命に従って生きざるをえない公人といった二重性の表象でもあるのです。

もちろん、こうした二重性は、写生文家と大学教師、日本文学の創作者と英文学の研究者、日本語と英語、明治日本と大英帝国、未開と文明といった、いくつもの二項対立関係を自己増殖させていきます。つまり、「漱石」と「夏目金之助」という、筆名と本名との引き裂かれとゆらぎこそが、連続的な一つのことの分裂と二つのことの交通という事態を、一貫した運動として生み出す原動力になっていることが見えてくるのです。

吾輩は金之助である

井上ひさしさんは、かつて『吾輩は漱石である』(集英社、一九八二)という、大変含蓄に富んだお芝居を書きました。この題名のつけ方を見たとき、私は虚をつかれた思いを抱きました。なぜなら、小説の題名という自明性に目が眩(くら)んで、「吾輩」という一人称が、傍にずらして印刷されている「漱石」という筆名とこそ、最も結びつくべき言葉であることを忘れてしまっていたからです。

「吾輩は漱石である」と変換してみると、これまでの研究や批評の中で、それなりに通説化されていた、苦沙弥先生が現実の漱石であるといった単純なモデル論は誤りだということになります。「吾輩」こそが「漱石」なのです。あるいは「漱石」は「猫」なのです。井上さんのお芝居を観て以来、「漱石」は「猫」である、という見方が私にとって俄(にわか)に大きな意味をもつようになってきたのです。

「猫」の人間世界に対する批判は、猫語に翻訳された「漱石」自身の文明批評であり、「猫」が盗み聴きをして、読者である私たちに報告してくれる苦沙弥家に集まる「太平の逸民」たちの無駄話もまた、無駄話の体系に翻訳された「漱石」の現実批判であることがわかってきました。苦沙弥だけではなく、迷亭も寒月も独仙も東風も、それなりに「漱石」の分身なのです。物理学者である寒月君のモデルが、熊本第五高等学校時代の教え子、寺田寅彦であるということは、あまりに有名なことですが、それもやはり「寒月」と「寺田寅彦」という二重性とその引き裂かれの中での、虚構世界と現実世界との間のゆらぎと考えるべきなのでしょう。

人間世界のことが「漱石」の分身性における文明批評だとすれば、一章・二章・五章に凝縮されてあらわれ、あとはごく微細な断片としてだけ記される猫世界のことはどう位置づければいいのでしょうか。ここで井上さんに倣って「吾輩は夏目金之助である」という、筆名の裏に隠された本名に変換してみることにします。すると、「猫」である「吾輩」の体験の背後から、とても生々しい「夏目金之助」としての「吾輩」の経験が浮かびあがってくることになるのです。

捨て猫と捨て子

先に引用した、冒頭の一節に戻ってみましょう。「吾輩」には「どこで生れたか」という「記憶」がありません。ただ「薄暗いじめ〳〵した所でニヤー〳〵泣いて居た事丈」を「記憶して居る」のです。そして、この最初の「記憶」、自分自身で自分を振返ったときに浮かんでくる「記憶」の中の最初の自己像は、同じ「猫」族にかこまれたものではなく、いきなり異族である「人間といふ」「種族」とともにあるのです。このように構成された「吾輩」の出生の「記憶」とほぼ同じ形で、「漱石」は、「夏目金之助」としての自らの生い立ちを、だいぶ後になってから告白することになります。

> 私の両親は私が生れ落ちると間もなく、私を里に遣つてしまつた。其里といふのは、無論私の記憶に残つてゐる筈がないけれども、成人の後聞いて見ると、何でも古道具の売買を渡世にしてゐた貧しい夫婦ものであつたらしい。
> 　私は其道具屋の我楽多と一所に、小さい笊の中に入れられて、毎晩四谷の大通りの夜店に曝されてゐたのである。それを或晩私の姉が何かの序に其所を通り掛つた時見付けて、可哀想とでも思つたのだらう、懐へ入れて宅へ連れて来たが、私は其夜どうしても寝付かずに、とう〳〵一晩中泣き続けに泣いたとかいふので、姉は大いに父から叱られたさうである。（『硝子戸の中』二九）

夏目金之助がこの世に生を享けたのは、一八六七(慶応三)年二月九日(旧一月五日)。このとき父夏目小兵衛直克は五〇歳、母ちゑは四二歳。平均寿命が長くなった現在でさえ、子どもが生まれる年齢としてはかなりの高年齢です。しかもこの頃は、「人生五十年」が常識的な寿命であったわけです。実際このとき生まれた金之助自身の生涯も五〇年間です。

金之助は、世に言う「恥かきっ子」として、夏目家の末子としてこの世に生を授かりました。「金之助」という本名自体、「庚申(かのえさる)」の日に生まれた子どもは大泥棒になるから、それを避けるために「金」の字をつけておくといい、といった俗信に由来してもいるのです。

両親は、金之助が生まれた事実を隠すかのように、まずは古道具屋の夫婦に、そして一年後の一八六八(明治元)年一一月には、正式に塩原昌之助とやす夫婦のところに、養子にやることにしたようです。

「どこで生れたか」もわからず、「ニヤー〳〵泣いて居た」という「記憶」の初源に、異族の姿しかないという「猫」の告白は、そのまま金之助が、ものごころがつく年齢になって以後、夏目家に戻って、「成人」した後に聞かされた物語と重ねられているのです。「漱石」は、「猫」である「吾輩」の言葉を借りて、「金之助」としての自分の心の中にわだかまっていた、出生と、その後の養子にやられたことをめぐる屈折を表象しているわけです。

その意味で、『吾輩は猫である』を「吾輩は金之助である」に変換すると、究極の「私小説」になる、ということもできると思います。しかし、いわゆる「私小説」のように、自分のこととして告白してしまえば、自分を里子に出し、後に再び養子に出した両親を恨む言説になりますし、子どもの頃のことに、中年になってもこだわりつづけている、現在の自分の姿もでてきてしまいます。「私は両親に捨てられた捨て子だ！」という告白は、話題としては悲劇ですが、それを読者にむかって告白する行為の中には、そうすることで同情してもらおうという下心も透けて見えてしまいます。告白するのは、あくまで「猫」なのです。

「猫」の世界では、捨て猫の話はよくあることです。とりたてて悲劇的にはなりません(もちろん、人間の側の解釈に立ってのことですが)。捨て子であった自分について、捨て猫のこととして語る。そうすることによって、心の中のわだかまりを自己治療していく。そこに「夏目金之助」が「漱石」という名で、「夏目金之助」について「猫」のこととして書くという、幾重にも屈折した回路の意味があったのではないでしょうか。

捨てられた拾われ猫

「吾輩」の書生体験をめぐる記述が大変興味深いのは、一旦一方的に拾われ、母親や兄弟と引き離された後で、あらためて捨てられたという設定になっているところです。最初に記憶に刻まれた「ニヤー〳〵泣いて居た」「薄暗いじめ〳〵した所」とは、どうも生まれた場所だったようです。

なぜなら、「書生の掌の裏」で、「しばらくはよい心持」でいるのですが、そのあと「非常な速力で運転し始め」、わけのわからないうちに「どさり」と捨てられ、その後の「記憶」が失われて、「気が付いて見ると」書生がいないばかりか、「沢山居つた兄弟が一疋も見え」ず、「母親さへ姿を隠して仕舞つた」と書かれているからです。

つまり「吾輩」は「拾われ猫」であると同時に「捨て猫」なのです。この二重性は、苦沙弥先生に拾われた後も、名前をつけられていない、ということで保持されています。「拾われ」かつ「捨てられ」ているという二重性は、金之助が塩原と夏目という二つの家で、商品のようにやりとりされた事情と深くかかわっているようです。

実の親や兄姉の記憶など、残りようのない一歳のとき、金之助は塩原昌之助のもとに養子にやられました。明治日本という新しい国家が制定した戸籍制度の中において、金之助は塩原家の長男として登録されることになります。養父母は、ずっと本当の父と母であるかのようにふるまっていましたから、幼少期の金之助は、自分が養子であることには気がついていなかったようです。

本当の親は誰

ただ、なにか普通の親子関係とは違っているという異和感は抱いていたと思われます。だいぶ後になって、金之助が四八歳になったとき、『道草』(一九一五・六・三〜九・一四)という唯一の自伝的な小説を書きますが、そこでは幼少期の次のような出来事がふりかえられています。


「御前の御父(おとつ)ツさんは誰だい」

健三は島田の方を向いて彼を指(ゆびさ)した。

「ぢや御前の御母(おつか)さんは」

健三はまた御常(おつね)の顔を見て彼女を指さした。

是(これ)で自分達の要求を一応満足させると、今度は同じやうな事を外(ほか)の形で訊(き)いた。

「ぢや御前の本当の御父さんと御母さんは」

健三は厭々(いやいや)ながら同じ答(こたえ)を繰返すより外に仕方がなかつた。


島田が養父で、御常が養母です。もちろん虚構としての小説ですから、ただちに健三が金之助で、島田夫婦が塩原夫婦だと言うつもりはありませんが、四八歳の男が自分の幼少期をふりかえりながら、このような場面を書いてしまった、ということだけは事実なのです。

この場面の養父母は、養子である健三に対して、自分たちは「本当の親であって」、「実はそうではない」というパラドックス、二重の拘束をかけています。もし「本当の親」であれば、子どもにとってあまりにも自明なこととしてある父親が誰で母親が誰か、そして、「本当の御父さんと御母さん」が誰かなど、ことあらためて「訊いた」りはしません。わざわざ「訊」くということは、そうではないからだ、という疑いを子どもの側にもたせてしまうのは当然です。

けれども子どもの方は、「本当の親」はあなたたちだと答える以外に、なす術はありません。なぜなら、あなたがたは「本当の親」ではない、と言ってしまった瞬間、子どもは自ら身なし子、孤児になってしまうからです。

この場面が、金之助にとって現実に起きたこととずれていたとしても、『道草』を執筆したときの漱石には、子どもの頃の健三が養父母とのかかわりにおいて、精神的にはとてもつらい二重拘束、すなわちダブル・バインドの状態におちいっていたことが、明確に認識されていたことは確かです。

ダブル・バインドとは、パラドックスのような矛盾する二者択一を迫られながら、どちらも選べないような決定不能におちいらされること、あるいは一方を選んだように見えたとしても、必ずそれを否定する項をも選んでしまうような状況のことです。

「爺婆（じいばば）」と「両親」

金之助が八歳から九歳の頃、養父母の仲が悪くなり、ついに離婚することになります。ものごころがついたばかりの金之助は、塩原姓のまま夏目家に引きとられてゆきます。

その頃のことをふり返った先の『硝子戸の中』（一九一五・一・一三〜二・二三）の記述によれば、金之助は「本当の両親を爺婆とのみ思ひ込んで」かなりの「月日を空（くう）に暮らした」らしく、それがどの位つづいたかは明確に記憶には残っていないようです。

しかし、ある夜座敷に一人で寝ていると、暗闇の中でしきりに「私の名」を呼ぶものがいます。それは下女で、「耳語（みみこすり）」をするようにこう言いました。「貴君（あなた）が御爺（おじい）さん御婆（おばあ）さんだと思つてゐらつしやる方は、本当はあなたの御父（おとっ）さんと御母（おっか）さんなのですよ」。そして下女は、自分が「そつと貴君に教へて上げるん」だから、「誰にも話しちや不可（いけま）せんよ」と念をおしたのです。金之助も「誰にも云はないよ」と答えたようです。

金之助が八歳から九歳のときですから、父は六〇近く母は五〇を過ぎています。誰から見ても「御爺さん」と「御婆さん」でしょう。しかも、塩原の家から夏目家に移された金之助には、事の真相、つまりその「御爺さん」と「御婆さん」こそが「本当」の両親であることを、両親はもとより、兄や姉たちも明確には告げなかったらしいのです。

なぜなら、この下女も、この夜、両親の話を盗み聴きして、はじめて金之助が二人の実の子であるという真相を知ったからこそ闇の中で打ちあけることになったのです。

それまで養父母のもとにいたときの、「本当」の親か、そうではないのかという問いが否定的な方向へ一元化された瞬間、この記憶の中の金之助は、再び新たなダブル・バインド状態におかれてしまうことはもうおわかりでしょう。

下女の言葉は、真相を明かしながらそれを隠すことを金之助に強いています。「本当」のことは「誰にも話しちゃ不可」ないこととして少年金之助の意識と無意識の間に刻まれてしまったのです。

そうである以上「本当」の「両親」は、表向きはあくまで「爺婆（じいばば）」でなければならないわけです。

さらに重要なのは、少年金之助にとって、この「下女」の言葉の真偽を確かめる術はなに一つ与えられていない、ということです。これまで養父母のことを「本当」の両親だと思ってきた少年が、いきなり「爺婆（じいばば）」にしか思えない二人が「本当」の両親だという真相をつきつけられる。しかもそれが「本当」に真相なのかどうかを判断する基準はどこにもありませんし、判断しうる情報を誰かから得ることもできません。また情報を得たとしても、その真偽はやはり判断できないのです。自分の存在そのものが宙づりにされてしまうような状態に、少年金之助はこの時おかれてしまったのです。

塩原と夏目

養父母との別離と、実家への帰還が一過性の事件であれば、それは金之助少年にとってさほど大きな心の傷にはならなかったはずです。また彼の生まれる年がもう少し前で、江戸幕藩制社会の中で子ども時代を過していたら、やはりずっと楽だったと思います。

実の両親に捨てられ養父母に拾われた子どもが、いまいちど養父母に捨てられ実の両親に再び拾われたのにもかかわらず、しかしいまだ完全には拾われていないという感覚が、中年期まで傷として残りつづけてしまった最大の理由は、あの猫がこだわっていた「名前」にこそ存在していたのです。

ひと言で言えば、学校という明治的近代の国家的な教育制度の中で、金之助はこの事件を繰り返し記憶の中で反復させせられてしまったのです。つまり、子どもにとって学校ほど、自分の戸籍上の姓名を、繰り返し自分で書かねばならない場所はないのです。

金之助は、「夏目」という姓をもつ、実の両親のいる家から学校へ通いながら、金之助という名の上に、必ず「塩原」という戸籍上の姓を記入しなければならなかったのです。庶民が姓をもったのも、学校や戸籍という制度も、すべては明治という時代の産物、日本の近代化の過程で生み出されてきた、それまではなかった新しい制度なのです。

自分の年齢とともに刻まれる明治という時代によって、金之助は学校の中で、試験の度に、正式な書類を提出する度に、そして賞状などをもらう度に、「夏目」と「塩原」という二つの姓、二つの家、二人の父の間で引き裂かれていることを、意識せざるをえなかったのです。明治という国家が創り出した制度と、子を命名する権限をもつ二人の「父」の存在こそが、金之助の心の傷を繰り返し記憶の中から呼び戻させたのです。

金之助は少年期のみならず、その青年期をも、「夏目」と「塩原」の間に引き裂かれる中で生きぬかなければならなくなります。「名前はまだ無い」という、あの猫としての「吾輩」の設定は、「名前」をめぐる分裂の履歴と深くかかわっているのです。

「塩原」から「夏目」へ

大学へ進学することを前提として進んだ、第一高等中学在学中の一八八七(明治二〇)年三月二一日、三年前に夏目家の家督を相続した長兄大助が、肺結核で三一年の短い生涯を終えてしまいます。この長兄は、金之助の学問への意欲を刺激し、勉強をみてくれたようです。金之助が夏目家に戻ってきた頃は東京大学の前身である開成学校に通っていたのですが、肺結核になって中退してしまいました。亡くなる前は陸軍局に勤めていました。

さらにその三ヶ月後の六月二一日、電信中央局に勤務していた次男直則も、肺結核に命を奪われてしまいます。夏目家の家督は、三男の直矩が継ぐことになりました。

金之助の母ちゑが亡くなったのは、一八八一(明治一四)年一月ですが、あの『吾輩は猫である』の、「気が付いて見ると」「沢山居つた兄弟が一疋(ぴき)も見え」ず、「母親さへ姿を隠して仕舞つた」という表現は、この頃の事情を圧縮したものになっていたのです。

明治二〇年代には、肺結核が結核菌による伝染病であることについては、かなり一般的にも知られるようになっていました。このとき、すでに七〇歳になっていた父直克にしてみれば、家督を継いだ直矩にもしものことがあった場合、残る自分の老後介護の候補者は金之助しかいません。金之助は九歳ぐらいまで塩原家にいたわけですから、幼少期の結核菌への感染の可能性は、直矩よりずっと低いはずです。

また金之助の方が、直矩より学問への関心が高く、大学への進学を考えていたということも、一つの要因になったと思いますが、この年、ようやく父直克は、金之助を塩原家から夏目家へ復籍させる交渉を開始します。

その結果、一八八八(明治二一)年一月二八日、金之助が満二一歳になる直前に、夏目家への復籍の話がまとまることになります。しかし、九歳ぐらいまで金之助は塩原家で育てられたわけですから、塩原昌之助は、その期間の養育料を夏目家に請求しました。「本当」の親と思っていた養父母の、親としての愛情だったはずのすべてが、ここで金銭に換算されてしまったのです。

「夫婦は健三を可愛(かあい)がつてゐた。けれども其(その)愛情のうちには変な報酬が予期されてゐた。金の力で美くしい女を囲つてゐる人が、其女の好きなものを、云ふが儘に買つて呉れるのと同じ様」だという『道草』四一章の記述は、あるいは、「金の力」で養子の「歓心」を得ようとする養父母の姿を、金之助が過去の記憶の中に読みとってしまった結果なのかもしれません。

塩原昌之助に宛てた証文には、「金之助」を主体とした次のような記述があります。

今般私義貴家御離縁に相成因て養育料として金弐百四拾円実父より御受取之上私本姓に復し申候就ては互に不実不人情に相成らざる様致度存候也

「塩原」と「夏目」という二つの家、二つの姓、昌之助と直克という二人の父の間で、二〇代になったばかりの青年に、あたかも商品のように値段がつけられ、売り買いが行われようとしていたことがわかります。金之助の値段は「金弐百四拾円」なのです。

しかも、さらに残酷なのは、自らが商品として売買される価格が明記された証文に、やりとりされる金銭を象徴するような「金之助」という名前を、この二〇代の青年は、自らの手で署名せざるをえなかったということです。

親子の情愛ではなく、ただ家督を相続するために、家の財産を家として守っていくためだけに、「金之助」は「金の力」で、「塩原」から「夏目」に買い戻されたのです。

引き裂かれた二つの姓のみならず、その二つの家の記憶に分裂させられる一つの名、「金之助」という名をもつ青年は、決定的な異和を感じたはずです。「金之助」とは、買い手である直克の命名した名前であり、売り手である昌之助によって戸籍登録された名前なのです。

『吾輩は猫である』第一回の末尾に記された、「生涯此(この)教師の家(うち)で無名の猫で終る積りだ」という猫の決意には、こうした一連の事情をあわせ考えてみると、夏目金之助という男のかなり根深い屈折が刻み込まれているように読めてくるのです。

自分で自分を命名する

「金之助」という本名は、実父によって命名されたものです。命名するときには、一般の俗信に基づいて、盗人になるといわれている日に生まれた子だから、ちゃんと育つように「金」の字をつけておこうというぐらいの気持ちで、安易に与えられた名だったのだと思います。しかし塩原家との間で、一人の青年が、養育費という名目の金銭で売り買いされたとき、「金」という字はまったく個別的で象徴的な意味を付与されることになってしまいます。

「金之助」という本名は、養父塩原昌之助によって、明治新政府の方針の下で新たに制定された戸籍制度に従って、国家から同一性を与えられる形で、塩原姓で戸籍登録されました。国家というより大きな主体によって、実父ではなく養父が正式な父となっていったのです。学校に通っていた少年は、自らの同一性の証しである成績をもらう度に、「金之助」という本名の上に、養父の姓「塩原」を冠さなければなりませんでした。それは「夏目」という家から学校に通いはじめてもなお、一〇年以上つづいたのです。

「夏目」と「塩原」という二つの姓の間におけるゆらぎ、二つの家、二人の父の間におけるゆらぎを、「金之助」という名前は生きざるをえなかったのです。フランス文学者の芳川泰久さんは、こうした名前をめぐるゆらぎを、「双籍的な揺らぎ」(『漱石論――鏡あるいは夢の書法――』河出書房新社、一九九四)と、実に見事に名づけていますが、こうしたゆらぎは、すべて明治という新しい時代、成立したばかりの近代国民国家の諸制度とのかかわりの中で発生していたのです。本来なら、自らの同一性を支えてくれるはずの、家、家督、戸籍といった制度によって、「金之助」という本名は、一貫してその同一性を脅かされ、分裂させせられつづけたのです。

『坊つちやん』(一九〇六・四)、『虞美人草』(一九〇七・六・二三〜一〇・二九)、『それから』(一九〇九・六・二七〜一〇・一四)、『門』(一九一〇・三・一〜六・一二)、『彼岸過迄』(一九一二・一・二〜四・二九)、『こゝろ』(一九一四・四・二〇〜八・一一)、『道草』、『明暗』(一九一六・五・二六〜一二・一四)といった、「漱石」と署名された小説の多くが、父親から息子への家督や遺産相続をめぐる確執、長男と次男の対立、それにからんだ金銭のやりとりの問題が繰り返し重要な主題となるのは、こうした「金之助」という、父という「家」の「主人」から名づけられた、「名前」をめぐる記憶と不可分に結びついていたからではないでしょうか。

「主人」に命名されることを拒みつづける猫が「金之助」だとすれば、「無名の猫」の話で有名になった、「漱石」という自分で自分を命名した筆名を、生涯の名前として選ぶことこそ、過去の屈折を反転させる力となったのです。

第二章　子規と漱石

「漱石」という号

夏目金之助が、後に本名よりずっと有名になる「漱石」という号を、はじめて使用したのは、一八八九(明治二二)年の五月二五日頃だとされています。大学で知り合い、寄席愛好という共通の趣味を仲立ちにして親友となった正岡子規の、友人むけの自筆回覧文集『七艸集(ななくさしゅう)』の巻末余白に「漱石」と記したのが、最初のようです。

金之助は、子規の文章や句に対して、九首の七言絶句で批評を書いた後に、「漱石」と署名しています。幸いなことに、私たちは、この最初に記された「漱石」という署名を、現在でも直接見ることができます。『七艸集』は、「漱石文庫」を所蔵している東北大学附属図書館に、貴重書の一冊として入っています。

『七艸集』が金之助の手元に来る直前の五月九日、子規は結核で喀血しています。金之助は、五月一三日に子規を見舞い、帰宅後慰めの手紙を書き、末尾に「帰らふと泣かずに笑へ時鳥」「聞かふとて誰も待たぬに時鳥」という俳句をそえています。俳句という表現形態は、最初から子規と漱石をつなぐ重要な言葉の伝達回路でした。

実はちょうど同じ頃、夏目家の家督を相続した兄直矩が、子規と同じ肺結核で喀血していたのです。「漱石」という号を、子規宛の漢詩の署名として書き記したとき、金之助には、あらためて一年数ヶ月前の復籍をめぐる一連の出来事が、生々しく想い起されていたにちがいありません。

金之助の復籍は、結核で次々と死んでゆく兄たちの身代りとして、夏目家の家督を継ぎ、父親の老後の面倒をみるために行われた側面があるわけですから、三番目の兄直矩が、長男や次男と同じ肺結核で喀血したということは、金之助が塩原家から夏目家へ買い戻されるように復籍したことの意味を、あらためて強く喚起したはずです。

自分が望んだわけでもないのに、自分が同一化すべき役割を、周囲の者から押しつけられてしまい、自分でありながら、自分ならざるものにずらされてしまう状況の中で、「漱石」という署名が、子規との文学的かかわりの中で選ばれていったのです。

誤ちとしての名

「漱石」という号は、かつて正岡子規自身も使ったことがあると言われていますが、中国の故事に由来するものです。金之助もそのことにはきわめて意識的だったようです。後に「漱石」という筆名を主にして生きるようになった段階で、「小時蒙求（もうぎゅう）を読んだ時に故事を覚えて早速つけたもので、今から考へると、陳腐で俗気のあるものです」（『中学世界』一九〇八・一一）と回想しています。

「漱石」という言葉は、『蒙求』の「晋書」に記された故事に由来しています。本当は、

「枕石漱流」(石にまくらし、流にくちすすぐ)と言うべきところを、誤って「枕流漱石」(流にまくらし、石にくちすすぐ)と言ってしまった男がいました。周囲から、それはまちがっていると指摘されたにもかかわらず男は、流れにまくらするのは耳を洗うためであり、石にくちをすすぐのは歯をみがくためであると言いはった、という話です。

言葉を誤用したにもかかわらず、その誤ちを認めず、無理矢理正しいと主張しつづけたという故事からとった二字が「漱石」なのです。

自らの存在があたかも金銭であるかのような表象性をもつ、父の命名した「金之助」という名前に対して選ばれたのが、「漱石」という、それ自体、なにかのまちがいでしかないような号だったのです。ここに、自ら「漱石」と名乗るようになる「金之助」という男の、自己認識の特質があります。

命名者としての子規

「漱石」という筆名を使って小説を書きはじめ、筆名の方が本名以上に有名になってしまった時点で、あらためて金之助は、この筆名が今は亡き親友子規とともにあることを、強く想起していたようです。「漱石」という筆名を有名にした『吾輩は猫である』の中篇の「自序」(一九〇六年一一月四日付)では、最初から最後まで、死期をむかえた頃の子規の憶い出が語られています。

余が倫敦に居るとき、亡友子規の病を慰める為め、当時彼地の模様をかいて遥々と二三回長い消息をした。無聊に苦んで居た子規は余の書翰を見て大に面白かつたと見えて、多忙の所を気の毒だが、もう一度何か書いてくれまいかとの依頼をよこした。此時子規は余程の重体で、手紙の文句も頗る悲酸であつたから、情誼上何か認めてやりたいとは思つたものゝ、こちらも遊んで居る身分ではなし、さう面白い種をあさつてあるく様な閑日月もなかつたから、つい其儘にして居るうちに子規は死んで仕舞つた。

ここで、金之助が、病床の子規を「慰める為め」に送った手紙というのは、一九〇一年四月九日、二〇日、二六日付の、ロンドンから、子規に宛てられた、ロンドン生活のエピソードを綴った手紙のことです。この手紙は、子規によって『倫敦消息』と命名され、「漱石」という著者名を付され、雑誌『ホトトギス』の五月号に掲載されています。

実は、夏目金之助が「漱石」という筆名で言文一致体の散文を、活字メディアに発表したのは、これがはじめてだと言ってもよいのです。ある意味では、かつて自分の文章を批評してくれたときに署名してあった「漱石」という号を、正岡子規があらためて選び直して著者名とし、私信に「倫敦消息」という題名をつけることによって、ロンドンにいる夏目金之助を文壇にデビューさせた、と考えることもできます。
塩原家と夏目家との間で、金銭を仲立ちとして商品のようにやりとりされた、実父が命名した「金之助」という本名に対して、病床の親友子規が、私信を公開するという形で、「漱石」という筆名の命名者となったのです。

子規の手紙

「漱石」という筆名をもつもの書きが、この世に誕生するきっかけをつくった子規は、『倫敦消息』と同じようなものを、もう一通書いてくれないかと、金之助に依頼しました。このときの子規は、もう手紙を書くこともままならないような状態だったようです。先の引用部につづけて、漱石は、この子規の手紙をほぼ全文「自序」の中に書き写しています。子規の依頼の言葉は痛切です。

僕ガ昔カラ西洋ヲ見タガツテ居タノハ君モ知ツテルダロー。夫(それ)ガ病人ニナツテシマツタノダカラ残念デタマラナイノダガ、君ノ手紙ヲ見テ西洋へ往タヤウナ気ニナツテ愉快デタマラヌ。若シ書ケルナラ僕ノ目ノ明イテル内ニ今一便ヨコシテクレヌカ(無理ナ注文ダガ)

ずっと西洋にいきたがっていたにもかかわらず、結核を病んでしまい、洋行の夢を断念せざるをえなかった子規に、金之助の手紙は、あたかも自分が実際に「西洋へ往タヤウナ気」にさせたのです。たしかに『倫敦消息』はすぐれた写生文の達成を示していきます。病床の子規にとって、このとき感じた「愉快」は、一瞬病のつらさを忘れることのできる快楽であったのでしょう。

だからこそ、「(無理ナ注文ダガ)」と、留学先の金之助を気づかいながらも、「僕ノ目ノ明イテル内ニ」もう「一便」だけ、「倫敦消息」のような手紙を書いてくれないかと、金之助に頼んでいるのです。子規は、このとき自らの死を覚悟しています。別なところでも、もう生きては会えないはずだということを書いています。金之助のロンドン留学期間について子規は知っていたわけですから、あと一年以上は自分の命はもたないという判断が鮮明にあらわれている文面です。

つまり、それは親友からの、死ぬ前の最後の依頼、いわば遺言のような頼みだったのです。しかし、それに金之助は応じなかったのです。ちょうどこの頃、金之助は、自分の留学期間の残りの一年を、「文学」とはそもそも人間にとってどのような意味をもつのかを、社会学と心理学から問い直す、『文学論』を構想することにあてようという決断をしたところだったのです。

「殺して仕舞つた」

金之助としても、いつかは、子規の依頼に応じようとしていたにちがいありません。しかし、『文学論』の準備のための読書に追われていく中で、第二の「倫敦消息」は書かれないままになります。

まもなく留学期間も終り、帰国しようとする一九〇二年の一一月頃、ロンドンの金之助のもとに、二ヶ月前に亡くなった子規の訃報がとどきます。もう、親友からの依頼に応えることは永遠に不可能になってしまったのです。この事実への深い悔恨の情が、「自序」の中に痛々しく刻まれています。

あらためて「筐底(きょうてい)」から取り出した、一九〇一(明治三四)年一一月六日付の子規の手紙を「自序」に書き写した漱石は、その末尾の一文に呪縛されてしまいます。「書キタイヿ(こと)ハ多イガ苦シイカラ許シテクレ玉へ」。

漱石は、この一文を二度までも自分の文章の中に引用します。「書きたいことは多いが苦しいから許してくれ玉へとある文句は僞(いつわ)りのない所だが、書きたい事は書きたいが、忙がしいから許してくれ玉へと云ふ余の返事には少々の遁辞が這入(はい)つて居る。憐れなる子規は余が通信を待ち暮らしつゝ、待ち暮らした甲斐もなく呼吸(いき)を引き取つたのである」(傍点原文)。親友が遺書の様にして頼んだ、生前最後の願いであるところの「今一便」の手紙を書かなかったことの重さが、「自序」を書きつつある漱石の眼前にある、亡き友子規の文字から喚起されてきたにちがいありません。病床で、自分の手紙を待ちつづけていた子規のことが、生々しく想像されてしまうのです。さらにつづけて「書きたいことは多いが、苦しいから許してくれ玉へ抔と云はれると気の毒で堪らない。余は子規に対して此気の毒を晴らさないうちに、とう〳〵彼を殺して仕舞つた」(傍点原文)。

自分からの「通信」を「待ち暮らし」、その「甲斐も」ないまま「呼吸を引き取つた」亡友子規に対する罪障感は、肺結核という病気で死んだ事実を、「とう〳〵彼を殺して仕舞つた」という形で、自分が子規を殺したという人殺しの罪へと転倒しています。ここには漱石夏目金之助の、罪の意識をめぐる特質がはっきりとあらわれています。なぜ、「今一便」の「倫敦消息」を書かなかったことが、子規を「殺して仕舞つた」ことになるのでしょうか。

切実さへの感受性

子規の病は、肺結核とそこから派生した脊椎カリエスでした。子規は自らの病状について、俳句や写生文の形で、繰り返し『ホトトギス』に発表していましたから、ロンドンの金之助も症状の進行についてはよく知っていました。脊椎カリエスは、自分の身を起すこともだんだんと困難になります。「今一便」の「通信」を依頼したときの子規は、大変な努力をして半身を起し、やっとのことで手紙を書いていたのです。しかも、その手紙の「筆力は垂死(すいし)の病人とは思へぬ程慥(たしか)である」と、「自序」執筆時の漱石は評価しています。

まさに、「慥(たしか)」な「筆力」の中にこそ、子規の依頼にこめられた気持ちの強さ、どうしても「今一便」、もう一通の「倫敦消息」が読みたいという願いの切実さがあらわれているのです。そんな必死の思いで、無理をして手紙を書いたからこそ、体力を消耗してしまい、「書きたいことは多いが、苦しいから許してくれ玉へ」と末尾に書かざるをえなくなってしまったのです。いや、そう書くことで心残りではあるが、あえて末尾としたのです。

子規の思いの強さは、その「筆力」をとおして、ロンドンの金之助にも「慥」に伝わっていたのです。しかし、『文学論』の構想と準備に入っていた金之助は、「忙がしいから許してくれ玉へ」という「返事」について「遁辞が這入つて居る」と認識したのです。

子規の「許してくれ玉へ」は、いわば全身全霊をかたむけて手紙を書いた、それこそ命をかけるようなギリギリのところでの「露佯りのない」言葉です。しかし、いくら「忙がしい」とはいえ、余命がわずかであるとはっきりわかっている親友に、一通の手紙も書けないほど、金之助の方は切羽詰まっていたわけではありません。だから、同じ「許してくれ玉へ」は「遁辞」、すなわち親友の依頼からの逃げでしかないのです。

漱石が問題にしているのは、それぞれがかかえていた、〈いま・ここ〉の切実さです。「許してくれ玉へ」という、同じ言葉が指し示している、子規の状況と自分の側の状況との決定的な落差です。金之助の側は、書こうと思えば、いくらでも手紙は書けたのです。「忙がしいから」という言葉は、言いわけにもなにもならないのです。本気で書こうと思えば書けたのに、という子規が死んだ事実を知ってからの悔恨の情を、人が普通は回避してしまう倫理的な問いへと漱石はもっていくのです。

書けたのに書かなかった、ということは、実は本気で書こう、あるいは「書きたい」と思わなかったからではないか。本気で書こう、「書きたい」と思わなかった、ということは、「僕ハモーダメニナツテシマツタ」と書きはじめられ、「僕ハ迚モ君ニ再会スルヿハ出来ヌト思フ」という親友の言葉の切実さを、正面から受けとめていなかったということになるのではないか。それは、親友の訴えの切実さに対する、裏切りともいえる軽視ではないのか。そういう問いが、漱石をおそったのだと思います。

相手の状況の〈いま・ここ〉における切実さへの感受性が欠落していたからこそ、取り返しのつかぬこと、最後の依頼に対して二度と応えることのできないような状況へと自らを追い込んでしまったのです。

「気の毒」という感触

しかし、ロンドンで『文学論』の準備に入っていた金之助は、「今一便」の依頼を忘れていたわけではありません。子規の手紙の末尾の一文は、繰り返しロンドンの金之助に、「気の毒で堪らない」という気持ちをおこさせていたようです。

「気の毒」という言葉は、通常は相手がかわいそうだ、という意味で使用されていますが、元の意味では、自分の気持ちにとって、なにかがひっかかって、気をそこねているということです。この「自序」で使用されている「気の毒」という言葉には、その元の意味が非常に強くあらわれています。

親友の最後の依頼に応えていないという負い目、記憶に刻まれた手紙の末尾の一文は、ずっと、金之助にとって「気の毒」として作用していたわけです。そうであるにもかかわらず、ついに「今一便」は書いていないのですから、その「気の毒」を「晴ら」すためには、子規宛の手紙を書くしかないはずです。その手紙を書かないまま、とりあえず「気の毒」を忘れるためには、病床の子規のことを忘れるしかないのです。あるいは子規のことに思いをはせないように、自らの意識を調節するしかありません。

病床で、自分からの手紙を「待ち暮らし」ているはずの子規については、なるべく考えないようにすることが、ロンドンの金之助にとっては、『文学論』の仕事に集中する方法だったのです。自らの意識の中で、子規の存在を亡き者とすることによってしか、す。

「気の毒」と思いながら、「今一便」を書かないまま日々をすごすことはできないからで

そのような内省が、自らの過去に対してはたらいたときに、病気で死んだはずの友のことを、「殺して仕舞つた」と思わざるをえない気持ちになってしまったのです。「垂死」の病床にある友のことを忘れるということは、自らの意識の内部で、その友の存在を無にしてしまうこと、つまりは、「殺して仕舞」うことにほかならないのです。

たしかに、漱石の思いは、ある過剰さを孕(はら)んではいますが、ここに彼の生涯を貫く倫理的な思考の基本が、浮かびあがってくるように思えます。

平民と士族

病床の子規が依頼した、「今一便」の「倫敦消息」を書かなかったことをめぐる、金之助の過剰なまでの罪障感は、学生時代に出会った二人の関係性全体から生み出されたものだったといえます。たしかに二人は、いっしょに寄席に通ったり、俳句のやりとりをしたり、大変仲のいい友人同士ではあったのですが、他方で、金之助にとって子規は、決して追いつくことのできない先行者でもあったのです。そのことはまた、二人の出身階級とも深くかかわっていました。

正岡子規は、廃藩置県によって崩壊した旧士族階級の出身でした。それに対して夏目

金之助は、江戸町方名主の家に生まれています。明治の言い方でいえば「平民」の出だったわけです。二人の間で交わされた手紙の中では、子規の強い士族意識に対して、金之助が反発しているところが、いくつも見受けられます。

金之助が子規の影響下で俳句をつくりはじめたのが一八九〇(明治二三)年、翌年の夏には明確に子規に対して、俳句の教えを請う手紙を送ってもいます。そして、この年の一一月に、二人の間で、鈴木光次郎が編んだ『明治豪傑譚』(東京堂、一八九一)という書物をめぐって、それぞれの出身階級のことを問題にせざるをえないような論争が交わされることになります。

松井利彦さんによれば、この論争には、「士族出身という自負の上に立って漱石に『豪傑譚』を送り、気節を説く子規と、平民出身で教養によって気節は身につくとし、自分が可能な智的範疇で気節を考え、それによって子規に対抗する漱石とを見ることが出来る」ようです(「漱石と子規」『子規と漱石』花神社、一九八六、所収)。

二人の間で問題になった「気節」とは、気概が高く節操の堅い人格、気骨のある人格のことですが、子規はそれが「士家の子弟」にとっては生まれつきそなわった、血筋としての出身階級によって規定され、「工商の子弟」には、この意識は希薄であるとしたのに対し、金之助は「気節の有無抔(など)は教育次第にて工商の子なりとて相応の教育を為し一個の見識を養生(ママ)せしめば敢て士家の子弟に劣らんとも覚えず暫らく気節は士人の子の手に落ち工商の夢視せざる処とするも是は工商たるが為に気節なきにあらずして気節を涵養するの時機に会せざりしのみ」と反論したのでした（一八九一年一一月七日付書簡）。

　そもそもこの論争は、金之助が子規に、森鷗外のいくつかの作品を賞讃した手紙を送ったために、子規の怒りをかい、その結果、子規が『明治豪傑譚』を送りつけてはじまったものでした。このときのやりとりでは、いわば西洋的なるものの代表であるような「鷗外の作」を「ほめ」たため、子規の怒りを「惹」いてしまったことにふれ、金之助は「小生自身は洋書に心酔致候心持ちはなくとも大兄より見れば左様に見ゆるも御尤もの事に御座候」、「以後は可成（なるべく）大兄の御勧めにまかせ邦文学研究可仕（つかまつるべく）候」と、日本文学を研究する決意を述べてもいるのです（一八九一年八月三日付書簡）。

　つまり、子規の西洋崇拝を批判する言説と士族階級的な自負は、一体のものとして金之助につきつけられていたのです。子規の家である正岡家は、十四石取りの下級武士であっただけに、士族階級であることを誇りとし、その自己同一性を実現しようとする意志が強かったのです。しかも明治維新で士族階級が現実には消失してしまった以上、その自己同一性を支えるものは「日本」という抽象化された国家理念以外にはなかったのです。

「文学」的盟友関係

一八九二(明治二五)年になると、子規は新聞『日本』紙上で、本格的な俳論を展開しはじめます。それが『獺祭書屋俳話』(だっさいしょおくはいわ)(一八九二・六・二六〜一〇・二〇)です。子規はこの中で「文学は高尚優美を主とするものなり」と主張します。そして俳句が、卑俗になったのは、その担い手が「平民」であったからだという見解に行きつきます。

金之助の方はむしろ、俳句の「平民」性に依拠しようとしたようです。彼は、「日本に国民を代表すべき程の文学なきにあれど或る点に於ては却つて西洋の文字よりも人間を高尚優美にする者なきにあらず且つ俳諧の如き日本只一の文字にして而も平民的の文学なれば是非共生徒をして其一斑を窺はしむべし」(『中学改良策』一八九二・一二)と主張しています。

相手の考え方のある部分を受け入れながら、同時に批判的立場から、自らの独自性を打ち出していくところに、子規と金之助のかかわり方の特質があります。子規が、従来の俳句を批判しながらも、その俳句というジャンルそれ自身の変革によって「文学」を創出しようとしていることに呼応しつつ、金之助の方は、むしろ俳句というジャンルの「平民的の文学」という特質に注目し、そこに可能性を見出そうとしています。

子規の方も、和歌が「雅言」だけを用いて、その「言語」の「数甚だ少き」ものであり、「俳句に比して更に狭隘なり」(「獺祭書屋俳話(十二)」一八九二・七・二五)という主張を展開し、この年の二百十日に『日本』が発行停止になったとき、即座に「君が代も二百十日は荒れにけり」と、天皇を中心とした薩長藩閥政治を批判する句を作ったのが認められ、俳句をとおして時事評を行うという新境地を開いていきます。

相互批判をとおしての、「文学」を仲立ちとした盟友的な関係が、子規と金之助の間でつくられていったのです。後に子規が和歌の革新を訴え、「生は和歌に就きても旧思想を破壊して新思想を註文するの考にて、随つて用語は雅語俗語洋語漢語必要次第用ふる積りに候」と主張するに至るのも、金之助が言い張った「平民」性を、言語の「平民主義」(柄谷行人「俳句から小説へ――子規と虚子――」『國文學』一九九一・一〇)として受けとめたことのあらわれだといえます。

「士農工商」といった階級差別が、自分たちが生まれたときには存在し、明治維新という革命によってそれが消失し、それぞれの出自にこだわりながらも、対等に「文学」をめぐって論争した二人の青年の間には、この時期までは、共に歩んでいく同伴者的盟友感覚が色濃く存在していたのだと思います。後に『こゝろ』で書かれることになる、Kと先生の青春時代には、子規と金之助の関係の片鱗を垣間見ることができるのかもしれません。

「送籍」と従軍

この一八九二(明治二五)年の夏、松山に帰る子規とともに、金之助ははじめての関西旅行をすることになります。実はこの夏の学年末試験で、子規は落第してしまっていました。旅行中、二人の間で大学を退学するか否かをめぐる話がされたのでしょう、子規とわかれた金之助は、岡山からの手紙で、文学士の称号を得るためにも、あと二年間頑張って卒業した方がいいという助言をしています。そして末尾には「鳴くならば満月になけほとゝぎす」という句を添えています(七月一九日付書簡)。

子規が『獺祭書屋俳話』を『日本』に連載しはじめたのも、ちょうど試験に落第した頃と重なっています。結核という病によって、学問をつづけることが困難になったことを自覚した子規は、残された時間を、ジャーナリストとして、彼の言葉でいえば、士族的な「気節」をもった「文学者」として、燃焼しきろうと思ったのかもしれません。

もちろんここで言う「文学者」とは、今で言う文学者とは大きく異なる意味で使われています。国家の政治に直接かかわり、薩長藩閥政権を批判する、士大夫的な言語使用者という意味でしょう。

金之助の助言にもかかわらず、この年の秋、子規は帝国大学を退学し、決死の覚悟もあってか、母親と妹を連れて故郷から上京します。

先にふれた、子規の手紙が引用された序をもつ『吾輩は猫である』の中篇に収められた、第六章に、漱石は『一夜』(『中央公論』一九〇五・九)という自分の書いた小説の著者として「送籍（そうせき）」という人物を登場させています。この命名の仕方には、たんなる駄洒落としては済まされない問題が隠されています。夏目漱石の伝記的研究が積み重ねられた現在では、かなり有名な、つまり多くの読者の知るところの事実になっていますが、『吾輩は猫である』の発表時で言えば、近親者以外は誰も知らないような秘密を、そっと漱石は「送籍」という言葉にたくして告白しているのです。

夏目金之助は、幼少時に夏目家から塩原家へ、青年期に塩原家から夏目家へ「送籍」しただけでなく、明治二五年の四月五日、夏目家から分家し「北海道後志国岩内郡吹上町十七番地浅岡仁三郎方」に籍を移しているのです。「送籍」とは、岩内に自分の戸籍を送ったことの告白にほかなりません。

いったいなぜ、夏目金之助が北海道岩内に「送籍」したかといえば、それは、徴兵を忌避するためです。金之助が子規と知り合った一八八九(明治二二)年に、徴兵制度が変更され、大学生の徴兵猶予が二六歳までとなりました。金之助の「送籍」は、その期限が来る直前に行われたことになります。

当時の北海道は、法的には植民地に準ずる扱いでしたから、北海道の住民は、徴兵を免除されていたわけです。私は一〇年間北海道で暮す間に、本州のことを「内地」と呼ぶ習慣がつきました。ということは、北海道では、自らの位置を「外地」、日本の外の植民地であると、いまでも暗黙のうちに了解しているということになります。

北海道の開拓においては、一八七四(明治七)年から「屯田兵」制度が導入されていました。北海道の開拓民を「鎮撫保護」するための「屯田兵」は、三年間の食糧、農地、住宅はもとより、武器と農具や生活用具まで支給されていました。「屯田兵」の制度は明治維新後失業した士族、わけても西南日本の薩長政権に、不満を抱いていた東北地方の士族の授産を兼ねていました。

「屯田兵」は一八九〇(明治二三)年に平民に拡大され、札幌周辺に限定されていた兵村は他の地域にも広げられていきました。こうした独自な軍事開拓制度があったために、北海道には徴兵制度が適用されていなかったのです。

日清戦争の直前に「北海道後志国岩内郡」に戸籍を送るということが徴兵を忌避したことになると、「送籍」という二文字で漱石は読者に提示したことになるわけです。

日清戦争後の一八九六(明治二九)年に、第七師団が札幌に設置され、一八九八(明治三一)年には、全道に徴兵令が施行されました。そして日露戦争のただ中の一九〇四(明治三七)年に、現役の「屯田兵」がいなくなり、この制度自体が廃止されたのです。

そして日露戦争では、北海道から徴兵された多くの兵士、さらには「北海道旧土人保護法」という名の植民地主義的法体制の下で、差別的同化を強いられていたアイヌの人々も多数戦場で命を落としたのです。

こうした日露戦争を終結させるポーツマス講和条約が、賠償金なしの講和であったため、これに反対する「日露講和条約反対国民大会」が警視庁の禁止にもかかわらず、日比谷公園で強行されたのが一九〇五(明治三八)年九月五日でした。日露戦争の戦場に行っていない、従軍していない男性たちの群衆は、国民新聞社、外務省、内相官邸を襲い、警察署、派出所、交番に放火しました。いわゆる「日比谷焼打事件」です。翌九月六日から一一月二九日まで、大日本帝国は戒厳令下におかれました。この「日比谷焼打事件」のただ中で『吾輩は猫である』第六章は執筆されていたのです。

「送籍」が話題になった直後、苦沙弥先生は自宅に集まった美学者、物理学者、そして詩人を聴衆として、「大和魂」という「短文」を読み上げます。その中に「東郷大将が大和魂を有(も)つて居(い)る。肴屋(さかなや)の銀さんも大和魂を有つて居る。詐偽師、山師、人殺しも大和魂を有つて居る」という、戦時ナショナリズムを風刺的に批判した一文があります。「漱石」を「送籍」に変換した漱石夏目金之助の同時代状況への怒りがあらわになっているのです。

もちろん、金之助のように戸籍を移して、徴兵を忌避する例は多くありましたから、それだけでは、あらためて『吾輩は猫である』という小説の中で告白するような負い目にはならなかったはずです。日清戦争に出征しなかった事実について、わざわざ「漱石」と署名された小説の中で「送籍」という同音異義語を使って告白せざるをえないようなこだわりを抱かせたのは、やはり子規とのかかわりがもたらした屈折です。

「送籍」によって徴兵を忌避した夏目金之助は、英文学を研究するための大学院生になり、そしてほどなく「先生」と呼ばれる職業に就くことになります。それに対して、大学を中退して「新聞屋」になった子規は、自らの病に鞭打つように、新聞『日本』の従軍記者として、一八九五(明治二八)年三月三日、戦地に向かって旅立つのです。

戦場に赴く子規を見送った金之助は、子規の帰還に立ち会うことを避けるようにして、東京の高等師範学校に職を得る可能性を放棄して、子規の生まれ故郷である松山の愛媛県尋常中学に、あたかも自らを自己処罰的に島流しにするようにして赴任することになります。

もちろん、子規に対する負い目だけが金之助の選択を決定したと言うつもりはありません。しかし、結核発病後、それまで使用していた多くの号を使わなくなり、死を覚悟し、その病を背負うような「子規」という号に一本化した友人が、その死期を早めるとしか思えない、日清戦争従軍記者として戦地に向かうのを、金之助が止められなかったのも事実なのです。

自分は徴兵を逃れ、生き死ににかかわるような状況に、身を置くことを回避しつづけているにもかかわらず、無二の親友は自らを死に追いやる方向へとつき進んでいく。そんな友人の在り方を、心配でありながら、どうすることもできず、そのような友人の選択が、暗黙のうちに、自分の生き方に対する批判をつきつけてくる。傍に居たいが、居るだけで、自らの存在が脅かされ引き裂かれていく。

日清戦争への従軍から結核を悪化させて帰国した子規は、神戸県立病院に入院しました。松山中学に英語教師として赴任していた漱石は、五月二六日付の見舞の手紙で、「首尾よく大連湾より御帰国は奉賀候へども神戸県立病院はちと寒心致候。長途の遠征旧患を喚起致候訳にや、心元なく存候」と病状について心配していることを子規に伝えています。そしてつづけて「小子近頃俳門に入らんと存候。御閑暇の節は御高示を仰ぎたく候」と、子規を宗匠と見立て、その「俳門に入らん」と申し出ていたのです。そして自分の作る俳句について、宗匠として「御高示」をしてほしいと依頼しているのです。

漱石が子規と培ってきた文学的かかわりの深さがここにあらわれています。漱石は、不治の病を背負って生き抜いていく子規と、一緒に歩み出すことを提案していたのです。この漱石の呼びかけに子規は応じて、八月二五日松山に帰り、二七日から漱石の下宿で共同生活をはじめます。毎日のように句会をひらき、漱石もその一員として、子規の弟子として参加しつづけました。重度の結核患者と、毎日の生活を共にするということには、当時の状況においては、強い決心が必要だったはずです。

一〇月に東京に戻った子規は、漱石とともに行った松山での句会における創作と批評の経験をもとに、自らの俳論を体系化していくことになります。漱石は松山から、子規に俳句を送り続けます。宗匠と弟子の関係がはじまるのです。

熊本第五高等学校に移った後も、どこかへ旅をすると、必ずまとまった数の俳句を子規に送るのが、その後の漱石のふるまい方の基本になっていきます。しかし、新聞屋になった子規への分裂した思いは、金之助が結核の症状を悪化させて帰国した子規に、東京へ帰りたいという手紙を書きながら、結果としては、より西へ、熊本第五高等学校へと赴任してしまうという選択にもあらわれているといえるでしょう。

そして日ごとに病が致命的なものに近づいていく子規を東京に置き去りにするように、金之助はロンドンへと旅立っていったわけです。二年間の不在が、無二の親友と二度と会うことのできない決定的なものになることを、おそらく金之助もまったく予想していなかったわけではないでしょう。彼が、子規からの「今一便」の「倫敦消息」の依頼に応えず、必死で準備をしていた『文学論』は、日清戦争から帰国した後の子規が手がけた、俳句と和歌の革新の議論と深く結びついてもいたのでした。

あらゆる「文学の標準」を明らかにしようとした『俳諧大要』(一八九五)の意図を、しっかりと受け継ごうとしたのが『文学論』だったのです。しかし、その準備の過程の中で、死という形で、子規と金之助の決定的別離がもたらされてしまったのです。

子規の死

正岡子規は、一九〇二(明治三五)年九月一九日午前一時に息を引きとり永眠します。その訃報がロンドンの金之助のところにもたらされたのは、一一月にはいってからでした。一九〇一年一一月六日付の子規の手紙を引用した序文をもつ『吾輩は猫である』の中篇が世に出たのも、同じ一一月、五年後の一九〇六年の晩秋です。

もちろんすべては偶然です。しかし、「漱石」という号をはじめて肉筆で書き記したのも子規に対してであり、「漱石」という筆名で書かれた散文がはじめて活字印刷されたのも子規のはからいによるのです。その子規との交わりを裏切るようにして「先生」と呼ばれる職業につき、ロンドンに留学し、帝国大学講師となった夏目金之助は、「漱石」という、子規が命名した名前で、『吾輩は猫である』を発表し、『坊っちゃん』を書いていったのです。

『坊っちゃん』の舞台は、子規の故郷松山です。また従軍記者として船に乗った子規と別れて、金之助がはじめて「先生」として地方に赴任した場所でもあります。『坊っちゃん』という小説は、数学の教師となって松山に行った青年が、そこから近況報告の手紙を書くことを約束して東京に残してきた下女清に、書かずじまいになった手紙を、彼女の死後になって書いているという設定になっています。清の死が読者に明確に知らされるのは小説の末尾ですが、そのことによって、小説全体があたかも書かれざる手紙のようになるのです。そこに、あの「気の毒」という言葉があらわれてきます。「気の毒な事に今年の二月肺炎に罹(かか)つて死んで仕舞つた」。子規に対して約束をはたせなかった、もう一通の手紙をめぐる思いが、ここにも刻まれていると私は思っています。

そのように考えてみると、「漱石」ではなく「夏目金之助」という署名で発表された『倫敦塔』(『帝国文学』一九〇五・一)や『カーライル博物館』(『学燈』同前)は、見事に、第二、第三の「倫敦消息」になっているといえるのです。

おそらく金之助は、「漱石」と署名する度ごとに、子規のことを記憶の中から想起することになっていたのだと思います。その意味で、「漱石」という署名は、常に子規との二人三脚で言葉を生み出していく場になっていると考えることができます。それは「漱石」と署名された小説の多くが、子規が主張し、金之助が自覚的に受け継いでいく「写生文」の、実に多様なヴァリエーションであることからも明らかでしょう。そしてまた、「漱石」と署名されたすべての小説が、その基底に、生と死の問題を胚胎させていることも、やはり子規の影だと言わざるをえません。死んでしまった他者ではあっても、記憶の中で問いかけつづける自己の内部の他者として、子規は「漱石」とともに生きつづけるのです。

第三章　ロンドンと漱石

留学の命令

一九〇〇(明治三三)年五月、熊本第五高等学校教授夏目金之助は、文部省第一回給費留学生として、英語研究のためのイギリスへの留学を命じられます。年額一八〇〇円の留学費の支給と、留守宅への休職給年額三〇〇円の支給とが条件でした。

この留学は必ずしも、金之助本人の強い希望に基づくものではなかったようです。そのことを、後にその頃のことをふりかえった『文学論』の「序」では、かなり屈折した言い方で回想しています。

当時余は特に洋行の希望を抱かず、且つ他に余よりも適当なる人あるべきを信じたれば、一応其旨を時の校長及び教頭に申し出でたり。校長及び教頭は云ふ、他に適当の人あるや否やは足下(そっか)の議論すべき所にあらず、本校は只足下を文部省に推薦して、文部省は其推薦を容れて、足下を留学生に指定したるに過ぎず、足下にして異議あらば格別、左もなくば命の如くせらるゝを穏当とすと。余は特に洋行の希望を抱かずと云ふ迄(まで)にて、固(もと)より他に固辞すべき理由あるなきを以て、承諾の旨を答へて退けり。

洋行の希望はとくにもっていなかったので、他にしかるべき人がいるはずだと校長に申し出たが、文部省が行けというので、あえて固辞する理由もないから行くことにしたということの回想は、嫌味であると感じられるほど、相当ねじれたものです。ここには、国家と微妙な距離をとろうとする、金之助の意識が明確にあらわれています。金之助の留学は、教育をめぐる国家政策の大きな転換の中でもちあがった問題だったからです。

高等教育の拡充

高等学校令が出た一八九四(明治二七)年、金之助の大学院時代、帝国大学への進学者はわずか三四一人でした。いかに帝国大学生が全国から選ばれた少数エリートだったかということもわかりますが、それが三年後の一八九七(明治三〇)年には、八二一人に増加します。この年、京都帝国大学が第三高等学校の土地建物を利用する形で新設されたからです。もとの帝国大学、日本でたった一つの大学は、東京帝国大学と相対化されてしまったのです。

さらに一八九九(明治三二)年一月には貴族院において「高等学校及帝国大学増設ニ関スル建議案」が可決され、翌年二月にも、「高等学校及大学校増設ニ関スル建議案」が可決され、衆議院でも「九州東北帝国大学設置建議案」が可決されてゆきます(東北帝国大学の設置は、一九〇七年、九州帝国大学は一九一〇年です)。

日清戦争の賠償金によって国家財政が一気に増加し、高等教育機関の大幅な拡充がはかられようとしていたわけです。それまで国費留学生の数は二〇名前後だったのに対し、一九〇〇年度は、一挙に文部省からの給費で三九名に増加しています。この留学生枠拡大に、金之助がひっかかったということになります。金之助がもらった「英語授業法ノ取調」という研究対象は、この拡大によって新たに設置された課題だったのです。

帰国後金之助は東京帝国大学の英語講師になりますが、それも『三四郎』の中で「大学の外国文学科は従来西洋人の担当で、当事者は一切の授業を外国教師に依頼してゐたが、時勢の進歩と多数学生の希望に促されて、今度(こんど)愈(いよいよ)本邦人の講義も必須課目として認めるに至つた」と言われるような事態への準備が、日清戦争後のこの時期、文部省主導で進められはじめていたことがわかります。

日清戦争に勝ったにもかかわらず、「三国干渉」で力を封じられていた明治日本が、いわば教育の面で欧米列強と対等になろうとする意図の一つのあらわれが、文部省第一回給費留学生の派遣だったということができます。金之助は、そうした主体としての国家と、自分自身の意志とを、明確に区別しようとしていたのではないでしょうか。

それまで医学や工学あるいは社会科学といった、文字どおりの「実学」を学ぶためだけに留学生が派遣されていたのに対し、文学と芸術と語学にまで枠が拡大されたのです。

金之助と同じ一九〇〇年の留学生としては、後のいわゆるアカデミックな「国文学」の基礎を確立する芳賀矢一、ドイツ語の山口小太郎、藤代禎輔、作曲の滝廉太郎、美学の樗牛高山林次郎などがドイツに派遣されようとしていたのです。

普仏戦争でフランスに勝ち、ドイツ帝国を統一に導く大きな精神的原動力となった、「疾風怒濤」時代以後のドイツ語とドイツ文学(史)、ドイツの芸術こそ、日清戦争後のナショナリズムの中における明治日本が最も学ばねばならないことだったのです。その意味で、文部省第一回給費留学生の制度それ自体、あからさまに政治的であることが金之助には見えていたのです。

辞令直後の吐血で留学を断念し、すでに『帝国文学』や『太陽』で批評家として名声を得ていた樗牛には、文学と哲学と美学を学べという命令が出ていたようです。金之助が、わざわざ学務局長の上田万年を訪れ、「余の命令せられたる研究の題目は英語にして英文学にあらず」ということにこだわって、「英文学」を研究してはいけないのか、と「質した」事情も、研究対象と国家の政策とが密接不可分に結びついていた留学制度そのものの政治性への問いかけだったように思えます。

帝国主義時代のイギリス

一九〇〇年九月八日、金之助はドイツ汽船「プロイセン一号」に乗船し、横浜港を出航し、一〇月一九日ジェノア港に着き、パリ万国博覧会を見物した後、一〇月二八日の夕刻、ロンドンのヴィクトリア駅に着きました。翌朝用事をたしに外出した際、金之助は次のような光景に出会います。

倫敦市中ニ歩行ス方角モ何モ分ラズ且南亜ヨリ帰ル義勇兵歓迎ノ為メ非常ノ雑沓ニテ困却セリ(「日記」一九〇〇年一〇月二九日(月))

「ボーア戦争」から帰還した「義勇兵」の行進とその「歓迎」の群衆に、ロンドン到着後一日目の金之助は巻きこまれてしまいます。「南亜」、つまりは南アフリカのトランスヴァール共和国で発見された巨大金鉱の利権のため、当時のソールズベリ内閣が、先住植民者のオランダ人との混血子孫であるボーア人を孤立化させる帝国主義的な政策をとり、その結果ボーア人たちが抵抗し、一八九九年一〇月から戦闘状態になりました。

大英帝国は、二〇万の兵力を投入しましたが、この戦争において大英帝国側の大義名分は一切ありませんでした。世界の世論からも批難されました。「正義」とは無縁な、ダイヤモンドと金の利権だけをあさる、あからさまな帝国主義の時代にイギリスは突入しつつあったのです。その最も象徴的な光景に、ロンドンでの最初の朝、金之助は立ち会ってしまったことになります。

ヴィクトリア朝の終焉

金之助がロンドンに到着した翌年、一九〇一年一月二二日、ヴィクトリア女王が急逝します。二月二日、女王の葬儀が行われ、金之助はその行列を目撃しています。〝七つの海〟を支配し、世界にさきがけて産業革命を成功させた、一九世紀の大英帝国の繁栄を象徴しつづけたヴィクトリア女王の死は、個人の死を超えて大きな歴史的転換を告げる事件でした。〝世界の工場〟といわれた時代は終り、大英帝国による世界支配の時代も終りつつあったのです。もはや大英帝国は、列強の一つにすぎなくなったわけです。

事実、この年、アジアなかんずく清国における自らの権益を守り、ロシアの南下政策に対抗するために、イギリスは日本をアジアの〝憲兵〟とすべく、日英同盟の構想が具体化し、一九〇二年一月三〇日に結ばれることになります。三五年前までは、アジアの未開の島国でしかなかった〝サヴェージ〟(野蛮人)の住む国と軍事同盟を結ばなければ、自国の植民地政策を維持できなくなるほど、大英帝国の力が相対的なものになっていたことを、日英同盟の締結は、あらわにしています。

同時にイギリスに拮抗する形で、欧米列強の軍事力と経済力がロシアを含めて急速に強化され、日清戦争後の日本も、その仲間入りをすることができた、ということにほかなりません。帝国主義の時代の到来を、金之助は世界の中心であった最後の時期のロンドンで、日本という島国の外側からつぶさに経験することができたのです。
金之助の世界情勢のなりゆきに対する認識は、非常に正確なものとして形成されていたようです。正岡子規宛の私信で、後に子規によって、『倫敦消息』と命名され『ホトトギス』に発表された文章の中で、金之助はこう語っています。

露西亜と日本は争はんとしては争はざらんとしつゝある。支那は天子蒙塵の辱を受けつゝある。英国はトランスヴールの金剛石(ダイアモンド)を掘り出して軍費の穴を塡めんとしつゝある。此多事なる世界が日となく夜となく廻転しつゝ、波瀾を生じつゝある間に、僕の住む此の小天地にも小廻転と小波瀾が続きつゝある、起りつゝある。

一日本人留学生にすぎない自分の周囲で生起している出来事は、一見「小廻転と小波瀾」にしか見えないが、しかしそれらは、「世界」的規模の「廻転」と「波瀾」と結びつきながら同じ渦の中で起っていることだ、という認識が鮮明にあらわれています。
日英同盟が結ばれた頃の「手記」で金之助は、「英人ハ天下一ノ強国ト思ヘリ」「今ノ英国ハ亡ブルノ期ナキカ」と、一見繁栄の絶頂にある「英国」の、実は「亡」びる可能性について指摘しています。「日本ハ過去ニ於テ比較的満足ナル歴史ヲ有シタリ」「未来ハ如何アルベキカ、自ラ得意ニナル勿レ」と、「得意」になっている「英国」を批判しつつ、「日本」の在り方にも警告を加えています。「日本」はたまたま過去の「歴史」における世界の力関係の中で偶然に植民地にならなかっただけなのです。今は植民地化されている清国としての中国も、かつては日本にとっての盟主国だったこともあるのです。

英語にして英文学にあらず

ロンドンの金之助が、留学一年目にして、『文学論』という著作の準備に専念することを決断した最大の理由は、留学目的としての「英語授業法ノ取調」と「語学練習」に対する根本的な懐疑をしはじめただけではなく、「英文学」の研究それ自体に対しても、大きな疑問を抱くに至ったからです。

留学に際して、「余の命令せられたる研究の題目は英語にして英文学にあらず」ということに、金之助が異様なまでのこだわりを示したことについてはすでにふれました。けれども、留学の目的を「英語」と「英文学」に分裂させてとらえたことが、あえて『文学論』の「序」にわざわざ後になってから記されるというあたりに、『文学論』全体の理論的な布置をうかがわせる戦略があらわれているように思えます。

ひと言で言えば、それは、本来一つのものをあえて二極に分裂させて、自明なものとして存在していた同一性を引き裂くように懐疑する、という思考方法です。

普通であれば「英語」を研究することを命ぜられたからといって、「英文学」を研究することの禁止とは受けとめないはずです。「委細」を聞かれた上田万年も、さぞかし困っただろうと思います。「英文学」を読むことだって充分に「英語」の勉強にはなるわけですから、「英語」と「英文学」が、どこで違っていて、両者の間の境界線はどこにあるのかについて、明確な回答はできなかったはずです。曖昧に「別段窮屈なる束縛を置くの必要を認めず」とでも答えるしかなかったと思います。

しかし、金之助が学んだ帝国大学の英文科の実状や、留学したイギリスの状況を考えてみると、「英語」と「英文学」を、『文学論』の「序」の冒頭で引き裂いてみせたことの背後には、かなり明確な意図があったことがわかってきます。

不在の英文学

英文学者の富山太佳夫さんは、そのへんの事情を私との対談の中で、明確にこう語ってくれました。

「……漱石は東大で英文学を教わっているわけです。そして多分、本格的に勉強するためにロンドンに行った。ところがロンドンには英文学が存在しなかったと思うのです。十九世紀末から二十世紀初めにかけての段階ではいわゆるイングリッシュ・リテラチャーというのは、まだ、誰でもが読めばわかるという発想で動いてい

る。つまり学問の対象ではないわけです」(対談「ロンドンに立つ漱石」『文学』一九九三・夏号)

大学に「英文学科」はあってあたり前と思っている現在の私たちにとっては、とても意外な事実ではありますが、よく考えてみると当然なことなのかもしれません。明治・大正の日本文学、いわゆる「日本近代文学」は、「誰でもが読めばわかる」という状態でしたから、やはり大学での学問の対象にはなっていませんでした。漱石も含めて「日本近代文学」が正式に学問の対象となったのは、第二次世界大戦が終って、しばらくたってからのことでした。

クィーンズ・イングリッシュを日常生活の中で用い、娯楽や余暇をつぶすために詩や小説を読むイギリスの貴族階級やブルジョワジーの子弟にとって、わざわざ大学で「英文学」を学ぶ必要はなかったのです。したがって、オックスフォード大学やケンブリッジ大学で、学問的制度としての「英文学」は存在しませんでした。英文学を大学の制度の中で、当時もっていたのは、スコットランドのエジンバラ大学やアイルランドのダブリンのトゥリニティ・カレッジといった、ロンドンから遠く離れた、方言ないしは別な言語で日常的な言語生活が成り立っている地域の大学です。

『文学論』の「序」の中で、金之助は、「語学」研修の地としてはスコットランドもアイルランドもふさわしくないから、ロンドンを選んだと書いていますが、いわばクィーンズ・イングリッシュを大学で学ばなければ身につかない地域にこそ、「英文学」が存在したのです。ですから、日本のたった一つの帝国大学にも、金之助が入学したころ「英文学科」が出来ていたのですし、彼は二度目の卒業生です。「英文学」と「英語」との間には、大英帝国における地域間と階級間の、支配と被支配、中央と周縁、差別と被差別といった、生々しい言語の政治性が刻まれていたのです。

「書物丈でも買へる丈買はん」

ロンドン到着後の金之助は、当初は、ロンドン大学のユニヴァーシティ・カレッジで、イギリス中世文学のケア教授の講義に出たり、生理学のフォスター博士の講義なども聴いていたようです。また、ケア教授に紹介された、アイルランド出身のシェークスピア学者、ウィリアム・クレイグのもとに通い、個人教授をしてもらったりもしていました。しかし、一九〇〇年の暮には、早くも「英語」研修の成果がはかばかしくないことに焦(いら)立(だ)ちはじめたようです。

一二月二七日付の、同じ文部省官費留学生としてベルリンに留学した、ドイツ文学者の藤代禎輔宛の絵葉書に、「二年居つても到底英語は目立つ程上達シナイと思ふから一年分の学費を頂戴して書物を買つて帰りたい」と書いています。ただ「書物は欲しいのが沢山あるけれど一寸目ぼしいのは三四十円以上だから手のつけ様がない」。「可成衣食を節倹して書物を買〔は〕ふと思ふ」と、書物の高さと留学費の不足に対する不満を述べています。その前日の妻鏡子に宛てた手紙でも、ロンドンの物価の高さをなげき（もちろんこれには、円とポンドの交換レートの問題＝国力の差もからんでいたと思います）、「十円位の金は二三回まばたきをすると烟になり申候」と書き、「書物丈でも買へる丈買はん」と決意したことを述べ、あわせて「地獄抔に金を使」う、すなわち売春婦に金を使うロンドンに在住する他の日本人男性の「官吏商人」に対して怒りをあらわにしています。

年があけて「二十世紀」最初の年の一九〇一年になると、こうした焦りはいよいよ強くなり、ベルリンの芳賀矢一には「小生三十五に相成候へども洋行迄致して何事もしでかさず甚だ心細き新年に候」と、年賀状の返事に書き記しています。また一方で「洋行」への過剰な期待や、イギリスやロンドンに対する幻想もくずれてきたようで、この頃の日記には、「英国人ナレバトテ文学上ノ智識ニ於テ必ズシモ我ヨリ上ナリト思フナカレ」と、イギリス人全体の文化水準に対して懐疑的になっています。さらに同じ英語でも階級差があり、コックニー英語を話す人々が存在することや、スタンダードな英語はロンドンの「上流」の人々の間でのみ話されていることなどが記され（一月一二日）、「普通」の英国人には、アクセントをまちがえたり、発音を取り違えている者が多いことを指摘したりしています（一月一八日）。いずれにしても、いわゆる「英語」の研修が満足に達成されないことが、はっきりとしてきたのです。

池田菊苗との出会い

「英語」研修にほぼ挫折しかかっていたロンドンの金之助は、一九〇一(明治三四)年一月二二日、日本から届いた『ホトトギス』を手にします。そこには、正岡子規が確実に死にむかいつつある自らの闘病の記録を、ヒューモアに満ちた筆致で記した、写生文的な日記「明治三十三年十月十五日記事」が掲載されていたのです。金之助は日記に「ほとゝぎす届く子規尚(なお)生きてあり」と記しています。その直前には「The Queen is sinking.(女王危篤)」とも記されていました。

この日午後六時半、在位六四年のヴィクトリア女王は死去し、産業革命後の大英帝国の栄光を象徴したヴィクトリア朝が終焉したのです。金之助にとっての「二十世紀」は、翌日黒手袋を買った店の店員が言ったように、「ひどく不吉な始り方をした」("The new century has opened rather inauspiciously." 一月二三日「日記」)のです。

暗い冬が過ぎ、春の訪れを感じる頃、金之助はようやく病床の子規を励ます手紙、後に『倫敦(ロンドン)消息』となる三通の手紙を四月九日、二〇日、二六日と連続して書きます。それはまた鬱々とする自らの心を、治癒しようとする試みであったかもしれません。

それから十日ほどたった五月五日、物理化学研究のため、二年間のドイツ留学をしていた池田菊苗（きくなえ）が、ベルリンからやってきて、金之助としばらく同宿することになります。『漱石が見た物理学——首縊りの力学から相対性理論まで——』（中公新書、一九九一）という形で、漱石と同時代の自然科学とのかかわりを明らかにした小山慶太さんは、二人の出会いを「菊苗から受けた刺激がきっかけとなって、漱石が科学という学問を強く意識しはじめた」ととらえています。

池田菊苗は、金之助より三つ歳上で、すでに帝国大学理科大学の助教授でした。大学生時代にマルクスの『資本論』を英訳で読んだり、自然科学と経済学を総合させて人類の研究をしようとしたりした、かなり問題関心の広い化学者です。後の一九〇八（明治四一）年に「グルタミン酸塩を主成分とする調味料製造法」、いわゆる「味の素」で特許をとったことでも有名な人です。金之助は菊苗と、最先端の自然科学をめぐる話のみならず、文学や宗教そして哲学にわたる問題をめぐって幅広い議論をしたようです。

池田菊苗との三ヶ月近くにわたるかかわりは、ロンドンの金之助にとって、科学的な方法によって「文学」をとらえ直す『文学論』の構想にあたって、きわめて大きな役割を果したといえます。菊苗と別れた後の金之助は、自然科学の成果に強い関心を示しつづけることになります。そのこともあってか、留学期間を一年のばし、フランスへも行ってみるつもりになり、諸方面に依頼をしますが、文部省からは、延長を一切認めないという回答しか得られませんでした。

「文学」の外部

金之助は、ロンドン留学の残りの一年間を、「根本的に文学の活動力を論ずる」ことができるようにするための準備にあてようと決心します。そして、「文学」とはそもそもいかなるものかを「根本的」に問うために実際に行われた作業は、かなり徹底したものになっていきました。

『文学論』の「序」でも述べられているとおり、金之助は「一切の文学書を行李(こうり)の底に収め」てしまったのです。なぜなら「文学書を読んで文学の如何なるものなるかを知らんとするは血を以て血を洗ふが如き手段たるを信じた」からにほかなりません。「血を以て血を洗ふが如き手段」という比喩は、かなり過剰な言い方ですが、それだけ金之助が、既存の「文学」という枠組の中に身を置いていては、「文学」に対する「根本的」問いかけが不可能であることを強く認識していたことを明らかにしているといえます。

金之助の『文学論』における問いかけは、それまでの自己の「文学」観を規定してきた「漢学に所謂(いわゆる)文学」と、英文学を学びはじめて以降知りえた「英語に所謂文学」とが、決定的に異なっているということを認識するところからはじまっています。二つの「文学」観の差異を問うためには、その両方の外へ出なければなりません。過去の「文学」観と、現在出会っている「文学」観のいずれからも外部であるような地平に、自らの意識をずらさない限り、「根本的」に「文学の如何なるものなるかを」問うことはできないということを、金之助はかなり痛切に自覚していたようです。

では、いったいどうすればよいのでしょうか。金之助の選んだ方法は「心理的に文学は如何なる必要あつて、此世に生れ、発達し、頽廃するかを極め」ること、そして「社会的に文学は如何なる必要あつて、存在し、隆興し、衰滅するかを究めん」こと、この二つです。つまり、同時代の最先端の「心理学」と「社会学」の達成をふまえ、そこから「文学」をとらえ直してみようという試みが、『文学論』の準備過程における理論的達成だったということができます。

「進化論」的人間観

「文学」の外部としての「心理学」と「社会学」という二つの領域をとらえる際に、金之助が主要な参考書とした一連の書物に共通していたのは、なによりも「進化論」的なパラダイムでした。チャールズ・ダーウィンの『種の起源』が刊行されたのは一八五九年ですが、その後、変異、最適者生存、生存闘争、といった諸概念は、わずかな期間で公認の学説となり、生物学ないしは自然科学の一理論を超えて、一九世紀後半のあらゆる学問の諸領域へと浸透していったのです。

たとえば金之助の青年時代、明治一〇年代の後半から二〇年代の初頭、すなわち一八八〇年代の日本において、「進化論」的発想を軸に自然科学から社会科学にいたる諸科学を統一しようとした、ハーバード・スペンサーの思想は、ジョン・スチュワート・ミルの思想と並んで知的青年たちの中で流行していました。スペンサーは、ダーウィンの「進化論」における「最適者生存」の原理を、人間の社会にあてはめた、いわゆる「社会ダーヴィニズム」の理論的基礎をうち固めた思想家です。

現在生き残っている種が、「進化論」的な「最適者」であるとすれば、産業革命以後、世界を、近代科学がもたらした機械文明の力で支配している、欧米先進国の白色人種こそが「最適者」であるということになります。「生存闘争」が、「最適者」が「不適者」を駆逐することだとすれば、欧米先進国が、未開の、つまりは「進化」の過程にあるアフリカ大陸の人々を、力で支配することばかりか、抹殺することさえも正当化されてしまいます。同じことが白色人種によるアジア支配に対しても言うことができます。

ある一定の環境に適合するような有利な変異をもつ個体が生き残り、繁殖することによってその変異を子孫に遺伝させ、それがひいては種全体に行きわたっていく。しかも、そうした事態は、神の意志でも、生物それ自身の意志でもなく、環境と生物の相互関係、つまりは「自然選択」の結果である。こうしたダーヴィニズムの論理が、産業革命をいちはやく終え、世界を支配する大英帝国の側から、過去をふりかえる思考様式、レトロスペクティヴな観点からとらえられてしまえば、「人」という種において、いま最も進化の頂点にあるのが白色人種としてのアングロ・サクソン民族で、他の人種は未開ないしは野蛮という進化の過程にあるということになってしまいます。人種差別が正当化される歴史観です。

明治一〇年代後半から二〇年代初頭にかけての日本は、「鹿鳴館時代」と言われるように、欧米列強との不平等条約を改正するための外交政策の中で、極端な欧化主義が支配階層を中心にあらわれていました。

「文明開化」・「富国強兵」・「脱亜入欧」といったスローガンは、とりもなおさず欧米列強の在り方に少しでも近づくことによって、国家間の「生存闘争」に負けないようにしよう、という発想をあらわしています。「開化」という言葉ほど、「社会ダーヴィニズム」をあからさまに表象しているものはありません。

「開化」という言葉は、当時の日本人に強迫観念的に焼きついていました。髷を切り、洋装をし、飲んだことのない牛乳を飲もうとしたり、牛肉を食べたり、日常生活のすみずみまで「開化」は浸透していったのです。

当時の日本の中で、華族や上流階級の人々、そして官僚たちの次に「開化」していたのは、西洋の学問を学んでいる書生たちのはずでした。しかし、その書生たちの生態を描いた、日本の近代小説のさきがけとなった坪内逍遥の『当世書生気質（かたぎ）』（一八八五〔明治一八〕）の最終章では、イギリスに留学した主人公たちの友人の一人が、イギリスの学生を健常者とするなら、日本の学生はハンセン病患者だ、という比喩を使用した手紙を書いてくるのです。こうした差別意識を内面化してしまうところに、明治日本における「社会ダーヴィニズム」的発想の根深く暗い呪縛があったといえます。

「退化」＝ディジェネレーションの恐怖

金之助の青春時代の日本が、自らの未開性と野蛮性を克服し、表層だけは欧米列強に近づこうとしていた時代だとすれば、「進化」の頂点にあったはずの留学先のイギリスは、逆にこの時期、「退化」の恐怖におそわれていたのでした。

「退化」＝ディジェネレーションという言葉は、現在では耳慣れないものとなってしまいましたが、一九世紀末のイギリスでは重要なキー・ワードとなっていたのです。こうした事態は、まさに『ディジェネレーション（退化）』と題されたマックス・ノルダウの文学論（一八九二〜九三）が、一八九四年に英訳され、翌九五年に大流行することによってもたらされました。この書物は、ラファエル前派や象徴主義（サンボリスム）といった世紀末芸術、イプセンの戯曲の主人公や、ニーチェの思想に見られる、キリスト教的な道徳に反する自我中心的潮流を、全体として人間という種の、進展しつつある「退化」の徴（しるし）だとして警告を発するものでした。

同じ頃、イギリス政府の無名の下級官吏、ベンジャミン・キッドが書いた『社会の進化』(一八九四)が、やはりベスト・セラーになっています。文字どおり人間の「社会」を「進化論」的にとらえ、その発展と退廃の要因を、「諸国民」に共通の一般的問題として理論化しようとしたものです。

こうした状況と夏目金之助とのかかわりを、富山太佳夫さんは、こうとらえています。

アメリカは別として、すでにイギリス国内では影響力の小さくなっていたスペンサーの社会進化論にかわって、一般の人々に社会の進化を説くのに決定的な役割を果たしたのはこの本(キッド『社会の進化』──引用者註)だと述べても、決して過言にはならないだろう。この少しあとにロンドンに留学することになる夏目漱石も、この本ならびにキッドの第二作にあたる『西洋文明の原理』(一九〇二)、さらにはノルダウの本を読んで、それらによって構成される知の風土に身を置いたのである。

(『ダーウィンの世紀末』青土社、一九九五)

環境とのかかわりにおける個体における変異が、種に及ぶことによって「進化」が成立するものだとするなら、その逆もまたありうるわけです。さらに人間の「文明」が進むということは、それだけあからさまな「生存闘争」がなくなり、環境に不適応な者までが生き残り、その遺伝によって、むしろ人間という種の「退化」がもたらされてしまうというのが「退化」論の基本的な枠組です。

こうした議論が、熱狂的に受け入れられてしまう要因は、「ボーア戦争」前後のイギリスの歴史的状況の中にありました。「ボーア戦争」の際、兵隊に志願するのは、下層の都市労働者でした。その志願者の約六割が、体力の無さと身体的欠陥のために不適格になったということが大きな衝撃を与え、中流階級の自主的な産児制限による出生率の低下と労働者層の出生率の増大とにつなげられ、「国民」的な規模での「人種退化」の強迫観念が大英帝国において形成されていた時期が、金之助の留学した頃と重なったのです。

不適者の排除と切捨て

「人種退化」の恐怖は、「進化論」的な不適者を、同じ人種によって構成される社会の中で摘発し排除する方向と同時に、いまだ「進化」していない不適者としての有色人種をはじめとした異人種への人種差別として顕在化し、不適者の血が適者に混血することへも向けられていました。

同一人種社会の中における不適者とは、狂人、精神薄弱者、犯罪者、結核患者、目や耳の不自由な者、病人、アルコール中毒者、売春婦、同性愛者、そして「新しい女」に象徴される性差の境界を逸脱した男まさりの女たちなどです。キッドやノルダウと同じように、金之助が『文学論』を準備するにあたって読んだ、イタリアの犯罪学者チェザーレ・ロンブローゾは、頭蓋骨の形や顔の形をとおして、身体的な特徴として生まれつき犯罪者たるべき素質が刻まれているという考えを公表していました。ロンブローゾの「骨相学」は、解剖学や頭蓋骨の数量的測定を利用し、ダーウィンの「進化論」における猿から有色人種を経て白人にいたる「進化」の過程を、犯罪者と正常者の区別にあてはめようとしたものです。しかもそこに隔世遺伝をも見出したのですから、「退化」への恐怖はいっそう強化されていくことになりました。

隔世遺伝ということは、「進化」の過程を逆戻りすることですから、犯罪者を含めた不適者たちは、原始人や未開人の素質、さらには下等動物の性質までが、現代に再生したことにほかならないのです。当然のことながら、こうした不適者を排除していく風潮が強くなっていきました。もちろん不適者は多く労働者階級からあらわれてきますから、新たな階級差別のイデオロギーが生み出され、後の優生学につながっていったのです。

異人種と混血に対する差別と排除については言うまでもありません。階級間の境界が侵犯されるばかりか、国家の間の境界が侵犯されることに対する不安は、おりしもイギリス国内に流入してくる外国人労働者と、「ボーア戦争」という帝国の没落を象徴する戦争によって、さらに強化されることになったのです。志願者の六割が不適格になった、イギリスの労働者階級出身の兵士たちが、なかなか勝利することのできなかったボーア人は、オランダの植民者と原地先住民族との混血児であるため、野蛮な未開人の血への回帰が、彼らの強さの理由とされたのです。

金之助は黄色人種としてのアジア人であり、身長はイギリス人の平均より十数センチ低く、なおかつ顔に種痘の失敗によってかかった天然痘の痕跡である「あばた」がありました。ダーウィンは、文明の力で生き残る「不適者」の典型として種痘によって生きのびた人々のことを挙げています。ロンドンの金之助はバスに乗ったら、「あばた」の人が数人いたということを、わざわざ日記に書きつけたりしています。身体的特徴からいえば明らかに金之助は「ディジェネレイト」だったわけです。「進化」論的歴史観と、その裏返しの「退化」論を認めてしまうことは、金之助にとって自己抹殺につながることだったはずです。

「黄禍論」の時代

『吾輩は猫である』の「吾輩」は苦沙弥先生の肌の色を「胃弱」と結びつけて読者に紹介しています。

彼は胃弱で皮膚の色が淡黄色を帯びて弾力のない不活発な徴候をあらはして居る。其癖に大飯を食ふ。大飯を食つた後でタカヂヤスターゼを飲む。

ころに、日露戦争の旅順攻略戦報道の中で、引用部を読んでいる読者の記憶に特別な働きかけをする機能が生じています。

「タカヂヤスターゼ」とは、一八九四(明治二七)年に日本の応用化学者高峰譲吉が麴菌から消化酵素ジアスターゼを抽出し、それに自分の姓の「高(タカ)」をつけて商品化した胃薬のことです。高峰は「タカヂヤスターゼ」の特許をアメリカで取り、パーク・デービス社から発売し、世界的な名声を得ました。

一八九四年は、大日本帝国がはじめての対外戦争としての日清戦争に突入した年でした。「タカヂヤスターゼ」は戦時ナショナリズムの中にあった多くの大日本帝国臣民に、特別な名誉心をもたらしました。

一〇年前の日清戦争の記憶を想い起した『吾輩は猫である』の読者は、あらためて日露戦争の旅順攻略報道の最中で、苦沙弥先生の「皮膚の色が淡黄色」であるという記述に特別な反応を示すことになります。日清戦争は同じ「黄色」人種である清国軍との闘いでした。一八九四年一〇月二四日に遼東半島に上陸した第二軍は、一一月二一日に東洋一といわれた旅順要塞を一日で陥落させました。

しかし日露戦争における白色人種であるロシア軍との戦闘は、そうは行きませんでした。旅順攻略には七ヶ月かかり、死傷者は六万人近くになりました。「吾輩」が苦沙弥の日記を盗み読む一二月一日と一二月四日は死傷者一万七千人を出した二百三高地の激戦が行われていたときでした。ようやく占領したのが一二月五日なのです。

『吾輩は猫である』が発表される一年一ヶ月前の一九〇三(明治三六)年一一月二八日に、「黄禍論説」という課外講義を、第一師団軍医部長であった鷗外森林太郎が早稲田大学で行っています。この講義はサムソン・ヒンメルスチュルナの『道徳問題としての黄禍』(一九〇二)という書物の紹介です。冒頭で「黄禍といふ語」が「白人種と黄色人種との争闘から、新たに生れて来た語」であり、これを解明することは「敵情の仮察」だとしたうえで、林太郎は「日露の間には恐らくは戦争が避けられぬ」と述べていました。

事実この講義録が出版されたのは一九〇四年の二月で、日露戦争は開戦していました。講義録の「例言」で森林太郎は「予は世界に白禍あるを知る。而して黄禍あるを知らず」と述べたうえで、「日露の戦は今正に酣なり。而して我軍愈(いよいよ)勝たば、黄禍論の勢(いきおい)愈加はるべし。黄禍論の講究は実に目下の急務なり」と述べていました。「黄禍論」批判は、日露戦争に突入していく戦時ナショナリズムと密接に結びついていたのです。なぜなら「黄禍論」こそ、日清戦争から日露戦争にいたる、ロシアへの敵愾心を煽動するための、「臥薪嘗胆(がしんしょうたん)」という合言葉の出てくる源だったからです。

一八九五年に、ドイツ皇帝ウィルヘルム二世は日清戦争における日本の勝利を「黄色」人種の興隆ととらえ、かつてのモンゴルのヨーロッパ遠征や、オスマン帝国の支配のように、ヨーロッパのキリスト教文明にとって「黄禍」となるから、ヨーロッパ列強は力をあわせて対抗すべきだと主張しました。とりわけアジアと長い国境を接しているロシアが、「黄禍」阻止の前衛にならねばならないとし、ドイツはロシアを支援すると表明したのです。

ウィルヘルム二世の戦略は、ドイツの近東への進出を容易にするため、ロシアを極東進出政策に集中させようとするものでした。ウィルヘルム二世は、一八九五年四月からロシア皇帝ニコライ二世への書簡で「黄禍」の主張を繰り返しています。それは即位したばかりのニコライ二世の過去の記憶を呼び覚ますねらいがあったからです。

日清戦争で日本が連続して勝利をしているただ中の一八九四年一一月一日に、アレクサンドル三世が息を引きとります。ウィッテを大蔵大臣にして、フランス資本を導入し、ロシアの西から極東へとつなぐシベリア鉄道が起工した一八九一年、アレクサンドル三世の意向で、皇太子だったニコライはインド、中国、日本を歴訪します。

皇太子の来日が日本を侵略するためであるという噂（うわさ）を信じていた巡査津田三蔵に、五月一一日に切りつけられるという「大津事件」を、ニコライは体験していたのです。ウィルヘルム二世は、この記憶を呼び覚まさせながら、ツァーリ(皇帝)になったばかりのニコライ二世に、「黄禍論」を吹き込もうとしたわけです。

「大津事件」の年に露仏同盟を結んでいたロシアの皇帝が、ニコライ二世となった段階の一八九五年三月八日に、ウィルヘルム二世は日本への清国の領土割譲に列強は干渉するという警告を発し、三月二三日にニコライ二世に共同干渉を提議し、四月八日にロシアが同調したのでした。フランスはロシアが東方に進出すれば、西側におけるドイツとの緊張が緩和するという判断から、干渉に加わることを決めました。

一八九五年四月一七日に調印され、五月一三日に公布された「下関条約」で、大日本帝国が清国に求めていた遼東半島全域の割譲に対して、ロシア、ドイツ、フランスの三国がそれを還付させたのが、「三国干渉」にほかなりません。その前提となったのが「黄禍論」でした。

さらに一九〇〇年の義和団運動の鎮圧にあたって、ロシア、イギリス、フランス、ドイツ、オーストリア、イタリア、アメリカといった欧米列強中最多の二万二千人の軍隊派遣をした大日本帝国に対し、再び「黄禍論」が強まっていきました。「三国干渉」に同調しなかった、イギリスの『ロンドン・タイムズ』が、「黄色的危害」という記事を出したことが、正岡子規が執筆していた新聞『日本』でも報じられる状況でした。

文部省第一回給費留学生夏目金之助が身をおいていたロンドンでは、「黄禍論」の嵐が吹きすさんでいたのです。

「自己本位」の孤独な闘い

いわゆる既存の「文学」の外部に出ることをめざして読みはじめた「心理学」と「社会学」の書物を貫く基調的なイデオロギーと、日々生活をしているロンドンにおける「黄色」人種に対する偏見とが、自らの存在を身体的にも否定するようなものだったのですから、『文学論』の準備過程は、金之助にとって大変辛いものであったことはまちがいありません。しかもこの時期、周辺の日本人留学生からは、「夏目狂セリ」といった噂が立ってしまうのです。精神的異常という「ディジェネレイト」の烙印が同胞からもおされてしまったのです。

それから一三年後、『私の個人主義』という講演で金之助は当時をふりかえってこう語っています。「普通の学者は単に文学と科学とを混同して、甲の国民に気に入るものは屹度(きっと)乙の国民の賞讃を得るに極つてゐる、さうした必然性が含まれてゐると誤認してかゝる。其所(そこ)が間違つてゐると云はなければならない」。

つまり、人間の社会的文化的な営みである「文学」に、自然「科学」の法則としての進化論をそのままあてはめ、「進化」論的歴史観に基づき世界の均質化をはかる論調のみならず、それに乗った明治の日本における欧米追随主義を批判し、「文学」的趣好における諸「国民」の差異を保持すべきだと言っているのです。「決して英国人の奴婢でない」「独立した一個の日本人」という、直前の発言には「社会ダーヴィニズム」によって正統化された人種差別と植民地主義に対する批判もあらわれています。
しかし金之助は、単純なナショナリズムには乗りません。ここで彼がうち立てたのは、「自己本位」という、単独的な個人の立脚点です。

一口でいふと、自己本位といふ四字を漸く考へて、其自己本位を立証する為に、科学的な研究やら哲学的の思索に耽り出したのであります。

「文学」的趣味という、きわめて単独的な領域、もしかしたら、この世界の誰とも共有できないかもしれない美的判断において、金之助は、自らを取り囲む、「進化」論＝「退化」論的イデオロギー状況と対抗しようとしたのです。しかも、この理論的作業において、日本の内側にだけ閉じた自己満足的な方向をもあらかじめ断ち切っています。「さう西洋人振らないでも好いといふ動かすべからざる理由を立派に彼等の前に投げ出して見たら、自分も嘸愉快だらう」(傍点引用者)というように、単独的な認識を普遍的なものとして、「西洋人」にこそ説得しようとしているのです。

作家的生活を経て、その晩年にこそ、こうした自信に満ちた言い方ができたわけですが、ロンドンの金之助にとっては、これは孤独で辛い一人ぼっちの闘いだったはずです。しかし、その闘いを生きぬくことを決意して彼は帰国したようです。「自己本位」を貫いて生きることを帰国のときに決めたということは、『文学論』を書物としてまとめつつあった一九〇六(明治三九)年一〇月二三日付の狩野亨吉宛手紙の中で、あらためて思い起されています。

同じころ書かれた『文学論』の「序」の末尾で、金之助は「英国人は余を目して神経衰弱と云へり」と、イギリス人から「ディジェネレイト」として認知されてしまったことを告白したうえで、「ある日本人は書を本国に致して余を狂気なりと云へる由」と、同胞からも同じことを言われたと言い、「余の神経衰弱と狂気とは命のあらん程永続すべし」と宣言し、「ディジェネレイト」であることが、自らに小説を書かせる力だと言い切ります。

イギリス世紀末においては反体制的な詩人・文学者・芸術家・哲学者までもが「ディジェネレイト」の烙印をおされました。金之助は、その烙印をむしろ逆手にとることで、「進化」論と「社会ダーヴィニズム」への文学的批判に乗り出したのです。自然「科学」の装いをもつ議論であるがゆえに、もしかしたら本当かもしれないという畏怖を抱きながらも、一九世紀から二〇世紀初頭にわたって、「文明」の「進歩」と「発展」というスローガンの中で、ほとんど常識化してしまった「社会ダーヴィニズム」的発想に、たった一人、夏目金之助は小説を書くことで真向から闘いを挑んだのです。

「漱石」の小説と「退化論」の影

『吾輩は猫である』における、人間と猫の対比を、「進化」の文脈におきかえれば、西欧とアジア・アフリカ、白色人種と有色人種との関係にもなります。ロンブローゾ的な「骨相学」も登場すれば、「退化」克服のためのスポーツ論も、「吾輩」の議論の中で展開されていることが見えてきます。

『三四郎』では、九州から京都を経て東京への、「開化」度の違いが、女の肌の色の黒から白へおきなおされています。与次郎は、「イブセンの女」と言われている美禰子を、イギリス最初の女性作家アフラ・ベーンになぞらえて、奴隷になった黒人の王子の物語「オルノーコ」のような小説を、九州人で色の黒い三四郎をモデルにして書いてみないかとさえ言います。物理学者の野々宮さんが、日英同盟を象徴するイギリスと日本の国旗がはためく、帝国大学の運動会で記録測定係をやっているのも偶然ではありません。英国紳士なみに体力を向上させることは、日本のエリートにとって、「進化」のメルクマールとなるのです。

『それから』では、妻の三千代が心臓病になった後、買春をしつづけている平岡の夫婦に子どもは与えられませんし、三千代に愛を告白する代助もやはり買春をする男という設定になっていて、彼にも三千代への性的関係は禁じられています。『門』の宗助と御米(およね)夫婦も、友人を裏切る恋愛事件によって帝大卒のエリートから脱落しているがゆえに、子どもは生まれず、生まれても死産か生後まもなく死んでしまいます。『彼岸過迄』の須永、『行人』の一郎、『こゝろ』の先生も、それぞれ内側に狂気に近い「自己本位」を抱えているといえます。

ベンジャミン・キッドは『社会の進化』の中で、効率のよい生の競争は、「われわれの文明に備わっている利他的な感情にその土台をもっているのであって、この利他的な感情は、われわれの文明と結びついている宗教体系の特徴的な産物であるということのうちにこそ認められるのだ」(富山前掲書)といっていますが、「漱石」の書いた小説の登場人物たちは、ことごとくこうしたキリスト教的「道徳」としての「利他」性をくつがえすことによって「社会の進化」そのものに懐疑をつきつけているのです。

「退化」論の暗い影は、『こゝろ』の先生にやどってしまった「Kの黒い影」と同じように、作家「漱石」にのしかかりつづけたのではないでしょうか。尹相仁さんの『世紀末と漱石』(岩波書店、一九九四)は、きわめて緻密に、ラファエル前派をはじめとした世紀末芸術と、「漱石」文学とのかかわりを、比較文化論的に跡づけています。その出発点は、マックス・ノルダウの『堕落論』です。しかし、その背後に同じ著者の『退化論』を置いてみると、単にデカダンな世紀末芸術とのかかわりだけでなく、機械文明と産業資本主義を前提とした、欧米型の社会だけを唯一の価値基準とするような、一九世紀から二〇世紀にいたる、私たち自身の「社会の進化」的発想それ自体を根底から疑い、発想の仕方そのものを転換する契機を、「漱石」の文学から、あらためて二一世紀に読みとり直すことが可能になってくるのではないかと思います。

第四章　文学と科学

──『文学論』の可能性

文学とは如何なるものぞ

ロンドンの夏目金之助は、二年間というわずかな留学期間で、これ以上「語学練習」をしていてもはかばかしい成果があがらないという結論に達します。そこで「英文学」の書物を次々に読破しようとするのですが、一年間で読了した「書冊の数を点検」してみると、きわめて少ない。残りの一年で読める書物の数も、当然わかってしまいます。そこで読書を止めて、いったいどうすればよいのかと「前途を考」えたときに思い至るのが、『文学論』の「序」に記された次のような問題です。

余が英語に於ける知識は無論深しと云ふ可からざるも、漢籍に於けるそれに劣れりとは思はず。学力は同程度として好悪のかく迄に岐かるゝは両者の性質のそれ程に異なるが為めならずんばあらず、換言すれば漢学に所謂文学と英語に所謂文学とは到底同定義の下に一括し得べからざる異種類のものたらざる可からず。（傍点引用者）

学力的には、英語を読む力も漢籍を読む力もさして違わないはずなのに、どうして自分は「好悪」としては漢籍の方が好きで、英語で書かれた「文学」は好きになれないのだろうか、というのが金之助の問題設定です。自分は少年期から「好んで漢籍を学」んできた。「漢籍」をとおして「文学は斯くの如き者なり」という「定義」をつくってきた。そして、「英文学」も同じようなものだと思って、「流行せざる英文学科」に入ったのだが、どうも違う。「物にならざる」ラテン語やドイツ語、フランス語を習って、「専門の書は殆んど読む遑（いとま）もなきうちに」卒業してしまった。卒業のときは「英文学に欺かれたるが如き不安の念」におそわれた、と金之助は、自分の勉強の過程をふりかえっています。

「学力」ではなく、「好悪」の問題から考え直したとき、同じ「文学」という言葉でとらえようとしていた「漢籍」と「英文学」が、まったく異質なものであることに、金之助は気づいたのです。しかもその異質さのとらえ方がきわめて正確だったことは、たとえば漢文学と英文学という対比でもなく、東洋の文学と西洋の文学でもなく、ましてや日本文学と英文学でもなく、「漢学に所謂文学」と「英語に所謂文学」という対比をさせているところにあらわれています。

漢学に所謂文学

まず「漢学」とはいったい何かを考えてみましょう。日本における「漢学」という二字熟語には、実は二つの意味があります。一つは、清国の学者が提唱した漢や唐の漢籍をめぐる訓古的な考証学という意味。もう一つは、江戸時代の日本における、儒学を中心とした中国の学問全般についての学という意味です。

清は、「満洲族」が支配した国家ですから、彼らにとって音声言語としての漢・唐の言語、つまり漢語は、自分たちが侵略し支配している異民族の言語にほかなりません。清で発生した「漢学」とは、こうした異民族の異言語で書かれた知の体系に対する学問だったわけです。その意味では、やはり外国としての日本で行われた「漢学」と同じ位相にあるということができます。

ではなぜ異民族の異言語で書かれた古い書物に対する研究が、国家的な規模でとりくまれたかといえば、そこには国家と政治をめぐる数千年来の知の伝統が蓄積されていたからです。そして何よりも、「漢籍」が、表意文字である漢字で記された書物であったがゆえに、音声言語としての民族語と切り離した形で研究することができたからです。

諸民族言語の異なった音声体系を媒介する形で、表意文字としての漢字で表記された「漢籍」は、清のみならず、朝鮮や日本といったアジアの漢字文化圏に属する諸国の中で、インターナショナルな流通性をもつことができ、「漢学」という学問を発生させることになったわけです。共有された漢字表記と漢文の文法をもとに、「漢学」と総称しうる国際的な言語・思想体系がアジア一帯に形成され、「漢」という国家が消滅しても、永い間「大漢学(字)帝国」とでもいうべき「帝国」が生きつづけてきたわけです。

そして一九世紀の日本で「漢学」における「文学」とは、物語でも、詩でも、小説でもなく、儒学を中心とした政治と道徳をめぐる思想表現でした。あるいはもっと端的にいえば、江戸時代における「儒者」という言葉が、一般的に儒学を修めこれを講ずる者という意味だけでなく、将軍に儒学を進講する幕府の職名でもあったことをみても、国家の政治的指導者になるために学ぶ必要のある言語表現だったことがわかります。

左国史漢

事実、夏目金之助は「文学は斯くの如き者なりとの定義を漠然と冥々裏に左国史漢より得たり」と、『文学論』の「序」で告白しています。「左国史漢」とは何でしょうか。「左」は『春秋左氏伝』、「国」は『国語』、「史」は『史記』、「漢」は『漢書(かんじょ)』で、いずれも代表的な中国の歴史書にほかなりません。

中国の歴史書に書いてあることがらは、国家の盛衰と戦争の歴史、それに関与した指導者たちの来歴と生涯です。およそ、現在私たちが考える「文学」という概念とは違ったものであることは明らかです。

いわば国家の政治的指導者になるための教訓や、国家を経営する方法、戦争に勝利するための軍略をめぐる言説こそが「漢学に所謂文学」の内容だったわけです。

英語に所謂文学

このように考えてみると、「漢学に所謂文学」に対立させられていたのが、単に「英文学」ではなく、「英語に所謂文学」であった理由も見えてきます。日本語に翻訳すれば同じ「文学」となるところのリテラチャーは、少なくとも金之助がこれまで学んできた教育の場での経験範囲でいえば、シェークスピアの戯曲であり、ワーズワース、シェリー、キーツなどの浪漫派の詩であったわけです。

また、ロンドンに来てから、ロンドン大学のユニヴァーシティ・カレッジで出会った英文学のケア教授の授業も、コウルリッジの詩に関するものであったわけですし、個人教授を頼んだウィリアム・クレイグが教えてくれたのも、シェークスピアだったのです。およそジャンルからいっても内容からいっても「漢学に所謂文学」とは大きくかけ離れていたことは明らかでしょう。

ましてや、一八世紀から一九世紀にかけてのイギリス小説の世界が、「左国史漢」とは似ても似つかぬものであったことは言うまでもありません。「英語」圏でいうところの「文学」が、現在の日本の文芸雑誌の言説であるとするなら、「漢学」の「文学」は、すぐれた経営者像を歴史的人物になぞらえる特集が多く組まれる、管理職をめざすようなビジネスマン向けの雑誌の言説であるといえるほどかけ離れていたのではないでしょうか。

金之助が留学した一九〇〇年における「英語」は、イギリス一国のものではありませんでした。一八四〇年のアヘン戦争で清朝を屈服させ、同じ年ニュージーランドを属領化し、七七年にはインド帝国をも併合した、〝七つの海を支配する〟といわれた大英帝国圏内と、北アメリカやカナダといった、北アメリカ大陸諸地域で流通していた、植民地主義的な帝国主義の共通言語だったのです。西洋から東洋、そして南洋にまでまたがる大英帝国に帰属するいくつもの植民地で、「英語」が公的な言語として流通させられていました。「英語」は、大英帝国が形成した産業革命後の「世界」において、独立戦争後分離したアメリカ合衆国も含めて、国家体制の異なる諸国家で、「世界」言語として通用していたのです。一九〇〇年において「漢学」と対応するのは、正確な意味において「英語」だったのです。

イギリスは、かつての「大漢学帝国」の中心であった清国に、アヘン戦争をしかけ、植民地化を進めようとし、かつて中国の属国であった日本が日清戦争に勝利し力関係を逆転させています。しかし、その大英帝国も、「ボーア戦争」にみられるようにかつての栄光を急速に失いつつあり、欧米列強の植民地になったかもしれない日本と、二年後の一九〇二年に日英同盟を結びます。

世界の中の「文学」

夏目金之助が『文学論』の「序」の中で問題化しようとしたのは、歴史のある時期に「世界帝国」を形成し、インターナショナルな流通性をもつにいたった言語によって形成された、二つの文化圏における「文学」観の異質性なのです。「世界」的レヴェルで、時間的にも空間的にも、そして何より内容的にも決定的に隔たり、同時に相互に閉じていた二つの「文学」観が、かつては「大漢学帝国」に属し、いまは「大英帝国」と同盟を結ぼうとしている、日本という国からの一人の留学生の頭の中で交通してしまったのです。この異質性の交通を理論的に解明することをとおして、この留学生は普遍的に「文学」といえる言語表現とは何かを問う探究をはじめたのです。

ロンドンにおける夏目金之助は、かつて形成され、そして現在においても機能している「世界帝国」における流通言語のレヴェルで、「文学とは如何なるものぞ」と根本的に考えようとしていたのです。それはナショナリスティックな「国民文学」、あるいは国家言語、民族語レヴェルの「文学」という考え方の対極に位置しています。その意味において『文学論』をめぐる帰国後の東京帝国大学での講義が、日本が帝国主義化する日露戦争のただ中で行われたということは、象徴的な意味をもつといえるでしょう。

心理学と社会学

『文学論』の準備をするにあたって金之助のとった方法は、先にふれた「序」によれば、「心理学社会学の方面」の書物を参考にして、「根本的に文学の活動力を論ずる」ことを「主意」にするというものでした。

村岡勇さんが大変な努力を傾けて整理した『漱石資料——文学論ノート——』(岩波書店、一九七六)の参考文献目録で確認しますと、この「序」における宣言が、実際に即したものだということがわかります。

大まかに分類しますと、金之助が『文学論』を構想するうえでベースにした参考書は、三つの領域にわかれます。第一の領域は、ハヴェロック・エリスの編集した“The Contemporary Science Series”という、当時としては最先端の「科学」と「心理学」をめぐる叢書に入っている書物です。

第二の領域はハーバード・スペンサーの流れをくむ「社会学」の書物ですが、これは現在の学問分野としての「社会学」ではなく、当時の流行思想であった、「社会進化論」=「社会ダーヴィニズム」の系譜に属するものです。さらにいえば、第一の領域に分類した、「科学」と「心理学」をめぐる叢書に「社会ダーヴィニズム」の担い手であるあの犯罪人類学者ロンブローゾが関与していたように、自然「科学」の領域にも金之助のいう「社会学」は深く影をおとしていたのです。

三つめの領域は、Knight教授の編集による“The University Extension Manuals”と

いうシリーズに収められている「歴史」と「倫理」と「美学」に関する書物です。

『文学論』を構想するにあたって金之助が参考にした、最先端の「科学」的「心理学」は、それまでの精神と身体とを厳密に峻別する「心身二元論」を批判的に乗り越えようとする「心身一元論」的な特徴をもっていました。つまり、生理学や医学の知見を最大限とり入れ、人間の身体的知覚や感覚的刺激などが、心理の働きに大きくかかわっているとする立場です。人間の身体的な知覚や感覚を、「文学」をとらえ直す際の前提にすることで、『文学論』は国家や民族の言語にとらわれない普遍性をもつことになります。同時にその立場は、きわめて微視的な意識の瞬間的な現象をとおして、「文学」表現を分析していくことにもなるのです。

自然科学に基づく普遍性のある論理と分析的な証明の力によって、西欧の白色人種による世界支配を歴史の必然であるかのようにみなし、それにあてはまらない他の存在を排除するような、「社会ダーヴィニズム」的言説と葛藤するようにして、金之助は、自らの文学理論をうち立てようとしていたのです。

焦点的印象又は観念

『文学論』の冒頭は、次のような数式の定義からはじめられています。

凡そ文学的内容の形式は(F+f)なることを要す。Fは焦点的印象又は観念を意味し、fはこれに附着する情緒を意味す。されば上述の公式は印象又は観念の二方面即ち認識的要素(F)と情緒的要素(f)との結合を示したるものと云ひ得べし。

まず第一に、「文学的内容の形式」と概念規定されているということは、音声記号ないしは文字記号としての言葉によって、現象した文学表現が、聴き手ないしは読者によって受け取られ、記号表現のレヴェルから記号内容に変換された段階を問題にするということが冒頭で宣言されています。そして言葉を受け取った聴き手ないし読者の脳内でつくり出される「文学的内容の形式」を論じていくと宣言されているわけです。つまり、きわめて読者論的な、受容理論の立場から立論されているのが『文学論』なのです。

第二に「文学的内容の形式」が、(F+f)という公式によって表現されているということは、これまでの日本語表現の歴史の中で、複数の意味を付与されてきた「文学」「内容」「形式」といった漢字二字熟語から意識を離脱させ、『文学論』の中だけで決定される意味しかもたせない、という覚悟の表明にほかなりません。「漢学」と「英語」における「文学」概念の差異を明確にするためには、(F+f)という、日本語はもとより、どの特定な言語にも帰属しない、あらゆる文化的歴史的コンテクストから切り離された純粋記号が必要だったのです。

また、通常の日本語の認識枠組におけるように、「内容」と「形式」とが二項対立的にはとらえられていません。(F＋f)という純粋記号で表象されているのは、「文学」表現は「内容」であると同時に「形式」でもあるという認識です。

さらに(F＋f)という公式が「文学的内容の形式」だと概念規定することによって、「文学」表現を享受する側だけでなく、「文学」を表現する側をも同時に議論することができるようになります。「文学」を享受する側から考えるなら、「文学」として「形式」化されている表現から受け取った「内容」の「形式」が(F＋f)になります。「文学」を表現する、いわゆる作者の側から考えると、自らが表現しようとしている「内容」をどのように表現するか悩んだあげくの「形式」が(F＋f)となるわけです。

第三にFが「焦点的印象又は観念を意味」するという定義が独特です。なぜならここでは「印象」と「観念」という、常識的発想では、決して「又は」などと並列させることのできない概念が、連続したレヴェルにおかれているからです。

「印象」とは、インプレッションですから、私たち人間が、五感を中心とした身体的知覚によって外界をとらえた結果、その刺激が意識に現象した状態を指す概念です。一九世紀末にあらわれた「印象派（インプレッショニスト）」は、人間の視覚に映じる光の刺激を、キャンヴァスの上で絵具によって再現することをねらった絵画の流派の名称です。

つまり「印象」は、人間が、末梢神経によってとらえられた身体的な知覚や感覚を媒介として、外界からの刺激と直接触れあう領域に最も近接した意識現象なのです。

それに対して「観念」とはイデアのことですから、「愛」や「友情」や「真理」といった外界に具体的には存在しない抽象的な観念をも、言語という記号で表象する、きわめて記号的な領域をとらえる意識現象です。

「焦点的印象又は観念」としてのFは、このまったく対極的な二つの領域、限りなく身体的知覚経験に近い領域と、限りなく記号的な概念性に抽象された領域の間を揺れ動くものだということがわかります。

かつて、身体と精神とが二元論的な枠組の中でとらえられていたときなら、決して相容れることのない対極に位置していたはずの二つの概念、「印象」と「観念」を同じ位相のもとで「又は」という接続詞で並列させてしまうところに、『文学論』の冒頭にあらわれたFという記号の、理論的特異性があります。このことはまた、すぐあとに「印象又は観念の二方面即ち認識的要素(F)」という言い方で再確認されることになります。

Fという記号があらわしているのは、一方の端が身体知覚を媒介とした経験的領域に近接する最も「印象」度の高い領域に属し、他方の端が純粋に精神的かつ記号的な世界としての「観念」度の高い領域に属する、「焦点」化された「認識的要素」を構成する、可変的で往還的な運動だということがわかってきます。

たとえば「木」という「文学的内容の形式」を構成する「焦点的」なF、あるいは

「認識的要素(F)」は、一方の端を、私たちが眼で見、手で触れ、その葉音を耳で聞きとることのできる、外界に存在する個々の具体的な樹木に近接するところにもち、他方の端を、きわめて抽象的な樹木一般、銀杏でも松でもない、それらを統合した樹木なるものというところにもっていて、その間をせわしく運動している、ということなのです。

附着する情緒

Fが、「印象」と「観念」の間をゆらぐ意識の連続的な運動を表示しているとすれば、これに「附着する情緒」fも、やはり経験的領域と記号的領域とを両端にもつ、可変的な意識の運動になるはずです。しかもfが「情緒」である以上、ある「文学的内容の形式」が現象する時と場合と文脈に応じて、きわめて多様なあらわれ方をするのです。

「木」という、「文学的内容の形式」は、ある文脈では大地から天にむかってのびていく生命の力を中心とした宗教的な「情緒」を附着することもあれば、また別な場合には、その豊かな葉群により暑い陽ざしや雨からまもり、強風にも耐える、人を保護するような「情緒」を附着することもあり、またその材質感が中心化すると固いもののたとえになったりします。「御神木」「寄らば大樹のかげ」「木から落ちた猿」「木で鼻を括る」などの、それぞれの「木」に「附着する情緒」は、それぞれまったく異なっています。

Fに「附着する情緒」としてのfが、「文学的内容の形式」を問題にするうえで重要なのは、「文学的内容の形式」が必ず(F＋f)という形で現象するからです。たとえば数学的概念のように純粋に人工的な記号と論理の操作の中で生み出されたものには、「情緒」は附着しませんから、これは「文学的内容の形式」にはなりません。また言語的な分節化を経る以前のとらえどころのない「情緒」だけのような場合も、「文学的」な言語形態をとれないわけですから、Fと結びついたｆこそが、言語表現の「文学的」な在り方を規定する、ということになるでしょう。

こうした考え方は、言葉の意味、言語表現の意味というものが、一対一で対応したり、あらかじめ安定した結合の中にあるという発想とは無縁です。言葉の意味は、常に、いくつかの要素と条件が重層的に交錯した、その交わりの位置において多重決定されているという、いわばイデオロギーの重層的決定につながるような認識が、『文学論』を貫いていることがわかります。

全一的なものとしての文学表現

「文学的内容の形式」を構成する「認識的要素(F)と情緒的要素(ｆ)」とは、それぞれが経験的領域と記号的領域の間を往還的に運動しながら、きわめて個別的な結合を、その都度生成していく意味形成運動として現象しています。ここで、『文学論』の冒頭における数学的な記号の使用の仕方について、もう少し細かくこだわってみましょう。

Fとfとが、それぞれ独立した「要素」としてとらえられている場合には括弧がつけられていますが、お互いが(F+f)という形で結合しているときのそれぞれの状態を問題にしているときは、括弧はつけられていないのです。この括弧の使用の違いから読みとれるのは、「要素」としての(F)と(f)とはそれぞれにおいて全体的で全一的なものとして与えられているという認識であり、同時に、Fとfが結合した場合には、外側から括弧でくくられているように、両者は不可分に相互関係をもつ、全体性と全一性をもっているという認識です。

「要素」としての(F)と(f)はそれぞれにおいて、経験的領域と記号的領域の間を往還する運動を括弧の中でしているのです。たとえば「銀杏」の(F)は、「裸子植物イチョウ綱の一科イチョウ科の落葉高木。雌雄異株で葉は扇形で秋黄変する」といった「観念」から、「あの鬼子母神の化銀杏」といった個別具体的な一本の木の「印象」までの間を動くわけですし、それに伴う(f)も、最も進化論的に古い樹木への感動から、「ぎんなん」を降りまいてくれたりすることや、なんともいえない形の葉に対する親しみやすさや愛着といった、とても数えきれないほどの範囲で運動しています。

そして、二つの「要素」がある特定の文脈の中で結合した場合には、(F)と(f)は、括弧から抜け出し、相互浸透的な連続量的な可変運動を展開することになります。そこでは、Fとfの「印象」度と「観念」度とは必ずしも対応しない場合もでてきます。

いままで、高くて二〇メートル、太くて二人の人間で抱きかかえられる位の「銀杏」しか見てこなかった人が、高さ三〇メートル、五人の人が手をつないでも抱えきれない程の「化銀杏」と出会ったとします。しかも金色の葉をハラハラと、あたかも天からふらしているようなのです。「化銀杏」の個別具体的な、いま、ここにおける経験的にとらえられた姿が、圧倒的にその人をゆさぶったとすると、Ｆのレヴェルでは、きわめて「印象」度が高いということになります。けれどもその光景にその人が、ある「崇高」さを感じ、これは何か神がかり的なものがやどっていて、しめ縄でもはりたくなってしまったら、ｆの「情緒」は「神」のような抽象的観念をめぐって動いているわけですから、きわめて「観念」度が高くなり、「印象」度と「観念」度の高さはいわばねじれの位置で結合していることになるわけです。

戦略としての非対称性

（F）と（f）とがそれぞれにおいて全体的かつ全一的であり、同時に（F＋f）という形で相互に結合した場合においても、その結合において不可分な全体性と全一性をもつと『文学論』の冒頭では位置づけられています。

　また（F＋f）という「文学的内容の形式」をあらわす公式は、対極にあると思われていた「印象」と「観念」とを、同じ脳内で発生する出来事あるいは現象ととらえ、さらにていこうとしています。

(F)と(f)それぞれについても、やはり身体的諸感覚と脳との関係においてとらえ直していこうとしています。

(F＋f)という『文学論』における「文学的内容の形式」についての記号的表象は、かつては二項対立的に分離されていた経験的領域と記号的領域、あるいは身体と精神などの概念を、非対称でありながらも、同じ人間の身体と脳の内部で、外部とのかかわりにおいて発生する出来事としてとらえることを可能にします。Fやfといった純粋記号を用いることによって、特定の文化圏や言語圏の特殊性に縛られることのない「文学」について、ロンドンの金之助は普遍的に論じようとしていたのです。

同じ論理的な枠組の中で、二項対立的に位置づけられていた概念を、まったく異なった論理的枠組にある非対称な関係に置き直すという『文学論』の基本戦略は、スペンサー流の「社会進化論」の枠組から擦り抜けるための方法だったのです。

『文学論』の「第一編　文学的内容の分類」においては、人間の意識の波動的性質を解明し、最も鋭敏な頂点であるところの「焦点的意識」から「識末」までの強度の違いを、「意識の波形」のモデルで提示しています。そして「焦点的意識」の「集合」が「文学的内容」を形づくるとしたうえで、「感覚」「人事」「超自然」「知識」などに分類していきます。

「第二編　文学的内容の数量的変化」では、「情緒的要素(f)」が「文学の欠くべからざる必須要素」だとして、言語表現によってもたらされる、読者の意識の中における「幻惑」がいかに構成されるのかを具体的な文学表現の分析をすることによって示しています。

「第一編」と「第二編」の議論をまとめている「第三編」の冒頭で、金之助はきわめて独自な言語観を展開しています。

……言語の能力(狭く云へば文章の力)は此無限の意識連鎖のうちを此所彼所と意識的に、或は無意識的に辿り歩きて吾人思想の伝導器となるにあり。即ち吾人の心の曲線の絶えざる流波をこれに相当する記号にて書き改むるにあらずして、此長き波の一部分を断片的に縫ひ拾ふものと云ふが適当なるべし。

「言語」は人間の意識の流れの波動の「流波」全体を連続的にとらえることのできる「記号」ではなく、「長き波」の「一部分を断片的」にしか表記できないのです。同時に「言語の能力」としての「文章の力」は、こうした「断片」を、あるときは「意識的」に、また別なときは「無意識的」に「辿り歩」くことによって「思想の伝導器」としての機能を果している、と金之助はいうのです。

ここで「縫ひ拾ふ」という認識にも注目しておく必要があります。もとの「長き波」

が「断片」化されているので、それらの「断片」を「記号」として「拾」い集めながら、改めて「文章」に「縫ひ」合せていく実践が、表現者の側と享受者の双方でやはり非対称的に行われているわけです。

連続的な意識の流れが切断され、より「焦点的」なものの極く一部しか文字という「記号」によってはあらわされていないのです。

この言語観、あるいは文字という「記号」で構成された「文章の力」として現象する「文学」についての金之助の認識は、「文章」を表現する作者の側と、読むことで「文章」を受容する読者の側の、「文章」へのそれぞれのかかわり方における非対称性を正確にとらえています。

科学と文学

「文学的内容の形式」を、全体的かつ全一的なものとしてとらえる公式として、金之助は(F＋f)という、いかにも自然科学的な記述方法を選びましたが、この数学的な記述それ自体が、実は、自然科学に拮抗しようとする「文学」の立場の表明にもなっているのです。「文学」的常識からいえば、最も外部に属するような表現方法で、「文学」の中核をつかもうとしているのです。

その題名からいえば、『文学論』の結論ともいえる「第三編　文学的内容の特質」というところでは、「科学」と「文学」との決定的な差異を明らかにすることによって、金之助は「文学」の特質を浮かびあがらせようとしています。

夏目金之助が「科学者」と「文学者」との違いとしてまず強調するのは、「科学者」がすべてを"How"の論理に落としこもうとするのに対し、「文学者」はそうではないということです。"How"の論理とは、「「時」なる観念」に縛られていることにほかなりません。絵画や彫刻のような空間芸術とは異なり、「文学」は「「時」を含有し得る」領域ではありますが、それに縛られることなく「無限無窮」の「人事自然」の「断面を描き出すの特許を有」しているのです。

第二に「科学者」の「事物に対する態度」は徹底して「解剖的」です。「自然界」において「完全形」で「存在」する対象を、「破壊的」に「細かに切り離ち」、それをさらに細かく「分解」し、「原素」に還元し、「原子」に「分解」しないと気が済まないのです。こうして「分解」を重ねていった結果、「遂に其主成分より成立せる全形を等閑視する」ことになってしまうのです。

これに対して「文学者」の「解剖」は、あくまで「全局の活動を目的とする」と金之助は主張します。すなわち「文学者の解剖」は、「解剖を方便として綜合を目的」としているので、「綜合的に一種まとまりたる情緒」を読者に与える工夫をするわけです。対象について微分的に描写した場合でもそれが、何であるのかが「綜合」できるようにしておかねばならないのです。

「解剖せる諸項の下に掌を指すの微を示して、其微なるものが更に合して一団の全精神となって脳裏に闖入」するように努力するのが「文学者」なのです。「微なるもの」が「合」する契機を導入して、「一団の全精神」を伝達できるかどうかが、「文学者」の技倆にほかなりません。

第三に、「科学者」は「物の形と機械的組立てを捉へ」ようとし、「定義」することによって「分類」し、「類似」を「たど」って「系統を立て」ようとし、「個々の物体」に対しては「左したる興味」をもっていません。

それに対して「文学者」は「物の生命と心持ち」をとらえようとし、「物を活かさんが為」に「叙述」をし、「物」の「本質」をつかもうとしているのです。「物の本性が遺憾なく発揮」されて、それが「一種の情緒」に結実するとき、それは「躍如として生あるが如く」「物の幻惑」となるのです。

第四に、「科学者殊に物理学者」は、「現象を時間、空間の関係に引き直」そうとしているために、その「言語」は「数字と称する記号」となり、その結果、「読者」に「思索」をさせて「理屈詰めに推論」させなければなりません。

しかし「文学に於ける象徴法」は、「感情的に連想」させればいいのであり、「感覚或は情緒をあらはさんが為めに象徴法を用ゐ」るのです。

したがって第五に、「科学者」が「形ある者の形を奪ひ」、「味あるものの味を除」くのだとすれば、「文学者は香なき者に香を添へ、形なき者に形を賦す」のです。

一つの概念を異なる二つの方向に引き裂き、対極に置かれていると思われていた二つの概念を一つに結び合わせようとする『文学論』の論理の中で、この「文学」と「科学」、「文学者」と「科学者」の対立は、むしろ徹底して先鋭化されていくことになります。

その最大の理由は、「文学者」と「科学者」とでは、「言語の能力」としての「文章の力」に対する態度が根本的に異なるからです。

金之助は、「科学者」を死の論理に属する者として位置づけています。「科学者」は「自然界」の「存在」を切り刻んで破壊し、「原素」や「原子」にまで分解し、その結果生きている「原石」を殺してしまっていることに気づいていないと主張します。

そのような「科学者」の在り方に、「文学者」は抵抗しつづけるのです。「解剖」はするが、それは「綜合を目的」とした営みであり、「一団の全精神」となるように「物の生命と心持ち」をこそ生かそうとするのです。

したがって「文芸上の真」と「科学上の真」も違ってくることになります。金之助は「文学者」は、「文芸上の真」に「達」するためなら、「科学上の真を犠牲とするも」かまわないと断言しています。「科学上の真に拘泥」して、「文芸を科学的知識につなぎつけ」ようとすることは、「文学」表現の生命力を奪うことになるからです。

「文学」において重要なのは「想像を真ならしめん」ことです。「科学的立脚地」から考えて「不合理」であっても、ミルトンのサタンや、スウィフトのヤフー、『真夏の夜の夢』のオベロンやタイタニア、そして『テムペスト』のキャリバンなど、「此世」に存在しえない者らではあっても、「吾人」の「感情、感覚は生命を有し偽りなきを以て、是等は完全なる文芸上の真を具有するものなるを知る」と金之助は言い切っています。

「文芸上の真」とは想像力が産み出すのです。「感情、感覚」という「感じ」こそ、「文芸の要素」として最も重要なのです。

> 由来文芸の要素は感じを以て最とするものなるが故に、此感じを読者に伝へんとして伝へ得たるとき吾人はこれに文芸上の真を附与するを躊躇せず。

作者が実現した言語表現によって、「読者」自身の「感情、感覚」を動かし、その「感じ」を「読者」に伝えることができれば「文芸上の真」がそこに実現しているわけです。

ここであらためて、『文学論』の要であるところの(F＋f)という公式に戻って、金之助の主張をとらえかえしてみなければなりません。

「科学的な真」からいえば、この世界に現実に存在しえない「存在」を、とりあえずは「観念」度の高い「認識的要素(F)」として「言語の能力」あるいは「文章の力」で「読者」に「伝へ」ます。「読者」は「断片」としての「文字」を眼で追いながら、脳内で単語を紡ぎ、文節を編み上げ、「文章」を織っていきます。そのとき「読者」の意識の中で、連続性のある「心の曲線の絶えざる流波」が生まれ、実際にはこの世界に存在しない対象についての「想像を真ならしめ」ていくのです。

この「想像」が「真」であると感じられたときに、「読者」の身体における末梢神経系としての「感覚」が作動しはじめ、その刺激が中枢神経系である脳に伝達され「感情」が「情緒」として発動すれば、そこに「文芸上の真」が実現するわけです。

「文学」と「科学」の対立軸において、夏目金之助が非妥協的であるのは、そこに『文学論』における(F＋f)という純粋記号によってしか創り出せない論理の、最も重要な論点があったからなのです。

リュッカーの原子論

『文学論』における「科学」批判の主要な論点の一つは、金之助が留学時代に新聞で読んだ、リュッカー博士の、英国科学振興協会の会長就任演説の中における「原子論」に対するものだったようです。

先にふれた小山慶太さんの整理によれば、金之助が興味を抱いたリュッカーの原子論は、おおよそ次のようなものだったようです。「原子は見ることも触れることもできないが、直接知覚できないからといって、これを単なる便宜上の概念にすぎないと片付けるのは間違っている」とし、物質は一見連続しているように見えるが、実は原子という実在の構成要素が集まって出来上っており、拡散や熱膨張、摩擦熱の発生といった、熱力学的なエネルギー論で説明されてきた現象も、原子論によって統一的に説明できる、というものでした。

リュッカーの講演が行われた一九〇一年の段階では、原子の実在はまだ証明されておらず、仮説の段階だったのです。物質を徹底して分割していくと、単位となる有限の大きさをもつ構成要素が実在するという考え方は、古代ギリシアからあったわけですが、一九世紀の化学の領域で、化学反応を説明するための仮説として、原子の質量が、水素・酸素・炭素といったそれぞれの元素ごとに、違っていることが主張されていったのです。

原子論への批判

自然科学と対応できるような「科学」的な体系として、「文学」の根本を記述しはじめるときの金之助は、「科学」の普遍性に憧れていたわけですが、実際の『文学論』の中では、逆に、構成要素という単位に物質を分解して事足れりとする、二〇世紀初頭の「科学」の在り方を批判するようになっていきます。

金之助が批判しているのは、「科学者」たちの「破壊的」態度が、自然界に「完全形」として存在している物質を、人間の身体的知覚経験をはるかに超えた構成要素である原素や原子に還元するだけになっていることです。つまり仮説として設定された「観念」の産物でしかない「原子」を構成単位として実体化し、そこから物質を記述することで事足れりとする態度を批判しているわけです。

仮説としての「原子」記号をいくら並べたところで、これは「水其物」を認識したことにはなりません。こうした金之助の「科学」批判は、『文学論』の冒頭の規定と呼応しています。「原子」をあらわすHやOといった記号は、「観念」の極致に位置するもので、H_2Oという形で構成されている「水」の「印象」とは切り離されてしまいます。「科学」的な記号による記述が、あたかも絶対的な真理であるかのような「科学」の発想方法を、金之助は、あらためて「文学」の側から相対化しようとしているのです。

「文学的真」の在り方

実は、金之助自身『文学論』の中では、連続したものに見える物質をその構成要素の単位に還元する「原子」論を模倣するかのように、連続した意識の単位を(F＋f)という公式であらわそうとしていたのです。けれども先にふれたように、(F＋f)が全一的で全体的であるばかりでなく、構成要素としての(F)と(f)も、それぞれにおいて全一的でありかつ全体的であるという発想によって、この公式は単純な要素や単位への還元論には、決してならないところに踏み出していこうとしています。

なぜなら、(F＋f)を構成する(F)も(f)も、一九世紀言語学の音素還元主義とは違って、あくまでも「文学的内容の形式」の構成要素だからです。そこには「文学的内容」を発生させる最小単位から、かなり長い単位の言説までもが入ることができますし、さらには個人のレヴェルの「焦点」から同時代的な社会全体の「焦点」のレヴェルまで、これを広げていくことができるように、金之助は記述しています。

「文学的真」は、自然界の現象を単に微分的に分割して、最小単位に還元することでは得られません。あくまでも読者の意識に、「全体」や「全局」、自然界における「完全形」を喚起するような言語表現でなければなりません。つまり、一方では徹底して細分化して、現象を分析する微分化の方向と、他方でそれを総合し、その現象の「全局」と「完全形」をまとめうるような積分化の方向とを、両方もたなければならないのです。

ここまで見てきたところから、『文学論』の議論の立て方の原理がわかってくるように思えます。意識という一つの場を、「印象」と「観念」の二極に引き裂き、その間の運動を問題化する。逆に「印象」と「観念」という通常の認識ではまったくかけ離れた二つの領域を、意識という一つの場でつないでいく。そして一つの言葉を、「印象」と「観念」の力関係が交錯する場としてとらえていく。これと同じような形で、具体と抽象、認識と情緒、微分と積分、差異と反復といった、位相を異にする、多様な二項対立的布置を一つにしつつ、一つのものを二極に引き裂いて運動化しプロセス化する、という認識方法が、『文学論』を貫いていることがわかります。

第五章　大学屋から新聞屋へ

朝日新聞への入社交渉

一九〇七(明治四〇)年二月、『東京朝日新聞』の主筆池辺三山は、夏目漱石招聘にむけて動きだします。すでに前年の暮には、『大阪朝日新聞』の主筆をしていた鳥居素川が、『草枕』(一九〇六・九)を読んで感動し、社長であった村山龍平の同意もとりつけて、漱石を大阪へ迎えたいという依頼をしていました。ただ、この時点では、漱石の方も心が決まらず、間に入った中村不折に断りの手紙を出しています。

池辺三山は、渋川玄耳と白仁三郎を、漱石との交渉相手に選びます。二人とも熊本五高時代の教え子であり、渋川は当時社会部の責任者のような位置にあり、白仁の方は渋川と同郷のよしみで、まだ文科大学の国文科の学生ながら、『東京朝日新聞』に短い記事を書いていました。いずれも、漱石にとっては弟子であり、知己だったわけです。その意味で三山は、満を持して、小説家夏目漱石の招聘にあたったといえるでしょう。

二月二〇日、三山は大阪の首脳に漱石招聘の手紙を書き、白仁三郎が直接交渉にあたることになりました。そして二四日の昼前、白仁三郎は西片町にあった漱石の家を訪れ、朝日新聞社側の希望を伝えます。この日漱石の方は確答を避けたようですが、白仁としては確かな感触を得たらしく、すぐ近所に住んでいた長谷川辰之助(二葉亭四迷)の家に待機していた渋川玄耳と弓削田精一とに、可能性が大きいことを報告しています。

三月四日に漱石から白仁宛の手紙が届きます。「場合によりては池辺氏と直接に御目にかゝり御相談を遂げ度と存候」と記されたうえで、入社の条件について、まずは「手当の事」からはじまり、かなり具体的な質問が出されていました。三月七日、朝日側の返事をもって白仁が漱石を訪問し、一一日には「多忙中未だ熟考せざれども」と断り書きをつけながらも、漱石の側からの条件を提示した手紙が白仁のもとに届きます。

夏目金之助が、朝日新聞社側に提示した「申出」を整理してみましょう。㈠「小生の文学的作物は一切を挙げて朝日新聞に掲載する事」、㈡それらの「分量と種類と長短と時日の割合」は自分の側の「随意」である、㈢報酬は「月二百円」でいいが、「他の社員並に盆暮の賞与」は「双方合して月々の手宛の四倍」はもらいたい、㈣他のメディアに「文学的作物」を載せる際には朝日側の許可を得る、㈤しかし、「誰が見ても」「文学的」ではない原稿、短い「端もの」や「学説の論文」に関しては、本人に「掲載の自由」がある、㈥自分の「位地の安全」については、池辺三山だけではなく、「社主より正式に保証」されるべきこと、㈦これらすべての項目については「社主との契約を希望」する、というのが金之助の側の提案です。

朝日新聞社では、いまでも「漱石はお金にうるさかった」という伝説が語り継がれているそうですが、一人の男が専属の新聞小説家になることをめぐっての条件交渉としては、当時としてはめずらしく徹底して著作権を重視した内容になっているといわざるをえません。前の手紙でも金之助は、まず「金の事」について伺いを立てることを「下品」ではあるがと断っていますが、ここには自らの「文学的作物」について、それが「商品」であることを明確に自覚した金之助の交渉の姿勢が貫かれています。

この姿勢は、交渉相手である池辺三山の方でも、かなりはっきりしていたようです。三月四日の金之助の手紙に対して、三山は箇条書きで返事を書いているのですが、「売(うり)捌(さばき)の方から色々な苦情」が出るのではないかという心配に対しては、「営業部ヨリ苦情ノ出ルナドイフ事ハ絶対的ニナキコトヲ確保ス」と答え、「小生の小説は到底今日の新聞には不向と思ふ」というやや弱気な発言には、「差支ナシ。先生ノ名声ガ後来朝日新聞ノ流行ト共ニ益(ますます)世間ニ流行スベキコトヲ確信シ切望ス」という、仕掛人の確信をもって答えています。

商品としての文学

池辺三山と夏目金之助の間で共有されていたのは、「文学的作物」がなにか特権的で権威あるものではなく、それが他の商品としての言語情報と等価なものであるという認識であったと思われます。

池辺三山は一八九二(明治二五)年から、旧藩主細川護久の世子護成(もりしげ)の補導役を命ぜられ、足かけ四年間パリに滞在します。そこで三山は欧州大陸における新聞というメディアの役割を研究しつくしました。正岡子規が正式に『日本』新聞に入社する時期と重なる頃、三山は「鉄崑崙(てつこんろん)」という筆名で『巴里(パリ)通信』を連載しています。一連の記事の中で三山は、欧州における日清戦争をめぐる反響を紹介し、欧州列強の動向をいちはやく報道したのです。

パリに身を置いていた三山には、日本国内における連戦連勝気分とは異なった、欧米列強の視点から日清戦争を見るという外側からの観点が養成されていました。ですから、日清戦争の開戦二ヶ月後に、戦争が終り講和条約後に発動されることになる、ロシア、フランス、ドイツによる三国干渉を予測しています。そのような先見的な判断が可能だったのは、一九世紀末の欧州各国の新聞が、国民国家の世論を自ら形成しつつそれを代表するようなメディアの性格を強くもっていたからにほかなりません。

一八九五(明治二八)年に帰国した三山は、翌年『大阪朝日新聞』の主筆として入社します。つまり彼は、日清戦争後の日本の新聞ジャーナリズムを担う決意をもっていたわけですが、その内実は、言語情報を商品として売る、という発想の転換にありました。

三山は、『大阪朝日新聞』入社の辞に、「言職」と題して、こう書き記しています。

総ての新聞記者は言職(げんしょく)の命を社会に承く。新聞記者が議論を勉むるは農民が耕耘を勉め、町人が売買を勉め、職人が製作を勉むると異なること無きなり。(中略)吾人の言論も若し尋常普通の農産物、工業品に比せらるゝを得ば、則ち幸甚に堪へず。

三山は、新聞記者にとっての「言論」を、農民にとっての「農産物」、職人や工場労働者にとっての「工業品」と同じ商品だと位置づけています。これは、この時代の新聞人たちがもっていた、経世済民的な特権意識とはまったくかけ離れた考え方です。「言論」が商品だとすれば、「言職」は商売だということになります。それは高みから下々の者を啓蒙するという、新聞人としての特権意識を捨てる宣言です。

「大新聞」と「小新聞」

明治日本の新聞ジャーナリズムは、政論中心の「大(おお)新聞」と、雑報中心の「小(こ)新聞」に当初から分離していました。新しく出来上った、明治薩長藩閥政府に対して、西南戦争以後、武力闘争を断念せざるをえなかった反体制派は、こぞって新聞という活字印刷メディアをとおして、政府批判を展開していくことになりました。それが自由民権運動と連動した「大新聞」の基本的な性格でした。その読者は、政治と直接かかわることのできる「上等社会」に属する経済力のある層でもありました。それに対して「小新聞」は、ゴシップやスキャンダルと読み物を中心とした編集で、読者は「下等社会」に属している者、という認識が、明治社会の中では成立していました。

「大新聞」の役割が最も大きかったのは、一八九一（明治二四）年の国会開設までの時期でした。政党機関紙的性格を強くもった「大新聞」は、社説で政論を展開し、支持者を拡大しようとしたわけです。当然のことながら、政府の弾圧も強化されるわけで、一八八七（明治二〇）年一二月には、伊藤博文内閣の内務相であった山県有朋が、周囲の消極論を押し切る形で、秘密の集会や結社の禁止とあわせて、新聞の検閲を義務づけた「保安条例」を公布しています。

しかし、国会開設と連動した政治運動といっても、選挙制度は一五円以上の納税者だけを対象にしているわけですから、これは国民の一パーセントにしかすぎないわけです。このような状況に追いうちをかけたのが日清戦争の戦争報道でした。戦争報道の基本は大本営や陸軍省と海軍省が発表する官報です。電信で送られてきた極めて短い戦闘の情報が官報となり、それがまず新聞の速報となり、次に戦闘の具体的内容がやはり官報の情報をもとに報道されます。要するに、どの新聞にも似かよった情報しか掲載されなくなるわけです。

対外的な戦争が国民軍をもつ国民国家によって遂行されると、国内のジャーナリズムの報道は一気に均質化してしまいます。また新聞の側からいえば、戦闘が起りさえすれば、売り物になる情報が自動的に入ってくるわけですから、こんなに楽な商売もないわけです。日清戦争報道によって「大新聞」と「小新聞」の情報的な差異は無くなってしまいました。日清戦争の報道戦による均質化のみならず、三国干渉を受けた日本の、対外的な国民世論を、「臥薪嘗胆」という一元的なナショナリズムへとまとめあげてしまったため、ますます独自な政治的論調をもった「大新聞」の役割は希薄になっていったのです。

商売としての新聞経営

明治三〇年代になると、大都市では「小新聞」系の諸紙が、その部数をのばしていきます。正岡子規は、明治三〇年に夏目金之助にあてた手紙の中で、「大新聞」としての『日本』が、「売高一万以下」になってしまったことを嘆いています。政治に直接かかわる道筋をつくろうとして新聞屋になった子規ですが、メディアそれ自体の性格が、読者の要求にあわなくなってしまっていることに直面したようです。

同じ『日本』に海外からの記事を書き送っていた池辺三山が、「小新聞」系の『大阪朝日新聞』の主筆として入社したのはこうした状況の中だったわけです。実体としての「大新聞」は崩壊し、「小新聞」系の主筆や論説担当者が書く「社説」の中に、「大新聞」性が残存することになっていったのです。

黒岩涙香が主筆をしていた『万朝報』も、明治三〇年代に大きく部数をのばしましたが、その大きな理由の一つとして、内村鑑三、堺利彦、幸徳秋水といった、名文で社説を書く、ラジカルな思想傾向をもった論説陣の存在があげられます。彼らの論説が読みたいから、生活上の無理をしてでも新聞をとるという、荒畑寒村のような読者もいたくらいなのです。しかし、こうした個性的な論説陣が、社説からも姿を消し、新聞が決定的に均質化するのが、日露戦争の直前のことでした。

ちょうど、夏目金之助がロンドンから帰国し、東京帝国大学講師として教鞭をとりはじめた頃のことです。この頃各新聞の主張は、まだ開戦派と非戦派に分かれていました。『大阪朝日新聞』『東京朝日新聞』が最も強硬な主戦論を唱え、『時事新報』『大阪毎日』『国民新聞』などが開戦派でした。それに対して伊藤博文系列の『東京日日』、島田三郎の『毎日新聞』、秋山定輔の『二六新報』、黒岩涙香の『万朝報』などが非戦派です。

新聞界を二つに分ける形での日露開戦か非戦かをめぐる論争に火をつけたのは、金之助が職を得たばかりの、東京帝国大学の同僚である、法学部の七人の政治学者たちでした。一九〇三(明治三六)年六月一〇日、戸水寛人、富井政章を中心とする七人の法学部教授が、時の首相桂太郎を訪問し、対露強硬論の意見書を提出しました。「帝大七博士」の主張は、日本を守るためには朝鮮を守らねばならない、朝鮮を守るためには、満州にロシアを侵出させてはならない、したがって、ロシアが満州占領を企図している以上、開戦するしかないというものでした。

桂首相に提出した、この意見書について、当の「帝大七博士」たちは、大々的に公表するつもりはなかったようです。しかし、政府筋からその一部がもれ、まず非戦派の『二六新報』がスクープします。このスクープで報道された内容には、かなり誤りもありましたが、センセーショナルなニュースとして受けとめられることになります。二週間後の六月二四日、『東京朝日新聞』が、「帝大七博士」の意見書の全文を一挙に公表し、『大阪朝日新聞』も翌二五、二六日の二日に分けて掲載することになります。

「帝大七博士」の意見書の公表を契機に、開戦論は一気に力を得ることになります。後に原敬が「最初七博士をして露国討伐論を唱えせしめ」(『原敬日記』傍点引用者)と回想しているように、政府筋の主戦派が、「帝大七博士」の主張を世論操作に利用しようとした、と考えることもできます。東京帝国大学という、ようやく日本国内で確立しつつあったアカデミズムの権威を、商業ジャーナリズム化した新聞というメディアの中で利用して、政治を動かそうとした事件となったわけです。

これ以後、ジャーナリズムを二分していた開戦か非戦かの議論は、明らかに開戦派に有利に展開していくことになります。非戦の立場にかろうじて立っていた『万朝報』も、その非戦の論調ゆえに読者を減らし、営業上の理由から、一〇月八日には開戦論に転向してしまいます。黒岩涙香は「戦は避く可からざるか」という転向宣言を発し、これに反発した幸徳秋水と堺枯川（利彦）は、同じ日に、神田キリスト教会館で開かれた、社会主義協会主催の「社会主義者反戦大会」で、『万朝報』から退社することを表明します。さらに一〇月一三日には、内村鑑三も『万朝報』を退社することになります。

非戦論から開戦論に転向した『万朝報』の在り方は、商業ジャーナリズムとなった新聞メディアの行方を象徴しています。「政論」は、本来はその新聞社の外交や内政をめぐる基本的な理念をあらわすものであるはずです。幸徳・堺・内村といった論客が展開していた非戦論は、しかし、『万朝報』という言論結社としての新聞社を代表するものではありませんでした。彼らの「政論」が商品として売り物になる限りにおいて、『万朝報』という商業ジャーナリズムの「政論」の執筆者たりえていたわけです。

しかし、ジャーナリズム全体の言説シフトの中で、日清戦争以後の「臥薪嘗胆」という屈折したナショナリズムのスローガンが、開戦か非戦かという単純な図式にすりかえられ、あまつさえ開戦論が、国内的には弱腰の政府を批判する、伝統的な反薩長藩閥政権的言説であるかのような装いをもたらされてしまったとき、非戦論の商品性は失われてしまったわけです。国内において一見反体制的な言説が、実は対外侵略を煽動する急先鋒となるところに、この時期の開戦論の二重の商品性があったわけですし、それが「臥薪嘗胆」というスローガンによって拡げられたジャーナリズム市場に受け入れられたのです。

その一方で、「名は日露の衝突であれ、実は両国の帝国主義の衝突である」(『万朝報』一九〇三・九・四)と、その帝国主義戦争の本質を見抜いた、内村鑑三の認識に代表されるような非戦論は、言論商品として流通するルートを断たれていったのです。

商売としての新聞経営は、ジャーナリズムの内部から、そのシステムを脅かすような言説を結果として放逐することを進めていってしまったのです。同時にこうした資本主義的なジャーナリズムの確立は、最も商品価値の高い死の情報を売る、戦時ナショナリズム報道の方向へと、日露戦争を契機として突入していくのです。また「帝国主義」的な言説それ自体を商品化していく突破口を開いたのが、「帝大七博士」だったことも忘れてはならないでしょう。

日露戦争と新聞

池辺三山は単に主戦論を唱えていただけではありません。日露開戦へむけて彼は、桂首相と直接交渉をし、伊藤博文、山県有朋といった、最後の元老たちとも、様々な形でコンタクトをとり、あたかも一人の政治家のように開戦への根回しをしていくのです。その意味で池辺三山は、政治の中心と直接コミットすることが可能だった、最後のジャーナリストだったと言えるかもしれません。言論が商品であると宣言した最初のジャーナリストが、国家全体を戦争にまき込んでいく方向での政治家的機能を果す、最後の言論人だったことは皮肉なことです。そのような志向は「三山」という、故郷熊本の三つの山を表象する筆名にもあらわれています。父吉十郎が西南戦争で西郷方につき刑死したため、中央政界で政治家として立身出世することを断念せざるをえない中で、なお故郷に錦を飾ることを夢みた明治初期の士族的立身出世志向が、この筆名の中に息づいています。

坂田重次郎外務省参事官から、山県有朋に開戦の決断をさせることを依頼された三山は、一九〇三(明治三六)年九月二〇日、京都の南禅寺の別荘に山県を訪ねます。開戦の決断を迫ったその足で一〇月一日には『大阪朝日新聞』の首脳と会い、ただちに日露開戦後の報道体制を、給与規定まで含めて作ってしまいます。翌年の一月二五日には、児玉源太郎参謀総長から、開戦までの日程を聞き出し、大阪では陸軍従軍記者の配置を決め、広島大本営とつなぐ特設電話の架設まで手配しました。文字どおり、社運を賭けて、日露戦争報道にのぞむ三山の意気ごみが伝わってきます。

対外侵略戦争において新聞の情報こそが、国民的規模で商品化されることはすでに日清戦争で体験ずみです。当時の情報メディアは新聞しかありませんから、自らの父や夫や兄弟を戦場に送り出している日本国内の国民は、現地に特派員を送り込んでいる新聞記事を通じてしか、肉親である兵士たちの消息はわからないのです。新聞が一戸一戸に配達されるシステムも、国民全体をまき込んだこの日露戦争の中で確立されました。

しかし、すべての新聞社が特派員を派遣し、官報に関しては、どの新聞社も同じ条件でしか報道できないわけですから、いかにして情報伝達のスピードをあげるのかという一点で、各社がしのぎをけずることになります。そのためには、電信網と同時に、最も新しいメディアであった電話網を整備し、二つのシステムを戦場と連結しなければなりません。

さらに戦場から電信や電話で到着した情報をいち早く国内で伝達するには、通常の発行体制では間にあいません。いきおい、新聞社の間では、激しい号外合戦が展開されることになります。戦場から来る情報とは、とりもなおさず、敵か味方の死の情報です。この死の情報を商品化する、流通と販売のシステムが一気に出来上ったわけです。

電信網と電話網の整備、新しい印刷機の導入、大量の部数と号外をさばく販売体制の確立等々、日露戦争報道をめぐる新聞各社の設備投資は大変なものだったことは、容易に推測できます。そのことはまた戦争という状況が、商業ジャーナリズムにとって、いかに自動的に儲かる商品を生み出すものであるのかを明らかにしています。

こうした熱狂的な報道体制の中で、たとえば旅順港湾閉塞作戦で、広瀬武夫中佐とともに軍神化された杉野兵曹長のように、まったく無名な人力車夫の息子が、ジャーナリズムの言説をとおして、全国民的な英雄＝有名人になっていくような現象が、いくつも生まれることになったのです。「日露戦争の第二年目」の正月に発表された『吾輩は猫である』の猫が、あえて「名前はまだ無い」といい、自らが「無名」であることにこだわりつづけていることは、こうした日露戦争報道と無縁ではないと思います。猫が鼠をとることが自明であるように、日本兵がロシア兵を殺すことがあたりまえだったのです。車屋の黒が、鼠を何十四とったと自慢するように、ロシア兵を何百人、何千人殺したのかが賞讃される言説状況でした。しかし「吾輩」は鼠をとらない、あるいはとれない猫であり、一度だけそれを試みる五章の中では、日露戦争報道でとびかった言葉が数多く引用されています。「吾輩」は、自分のことを、日本海海戦でバルチック艦隊と闘った、連合艦隊司令長官「東郷」平八郎になぞらえています。そして「吾輩」は決して鼠はとらない、と宣言することになります。そこには、東京帝国大学講師夏目金之助が、「漱石」という筆名を使用して、戦争のまっ只中でそう書かざるをえなかった、ある苦々しい思いがあらわれていると私は思います。

日露戦争後の新聞

過熱した戦争報道は旅順攻略で頂点に達しましたが、その背後で大量の日本兵が死んでいることはほとんど顧みられないような言説が支配しました。しかし、まもなく、戦争は終ってしまいます。新聞各社が莫大な設備投資を回収しないうちに、情報商品を提供する戦場が無くなってしまったのです。

新聞各社が、桂首相直系の『国民新聞』をのぞいて、講和に反対したのは言うまでもありません。戦争が継続しないかぎり、儲けはあがらないのです。もちろん、そのようなことは誰も公言はしませんが、商業ジャーナリズムの本質は、そこにあります。しかし、国家が講和をしようとすることに反対するわけですから、新聞各紙は発禁の処分を受けることになります。しかし、それでは商売が成立しないので新聞の側は妥協せざるをえません。国家による統制と、それを受け入れた商業新聞による情報管理がはじまる契機が、日露戦争の講和条約をめぐる対立から生じてしまうことになったわけです。

戦争が終ってしまうということは、情報商品の供給源が無くなってしまうことにほかなりません。新聞各社が、大きな経営難におちいるのは当然の成行きです。大阪と東京両『朝日新聞』社内においても、この経営難を乗り切るために、大胆なリストラが行われました。一九〇五(明治三八)年の末には、須藤南翠、関新吾、小宮山桂介、三品長参郎といった、古参の社員たちが退社させられることになります。

最早、対外的に有名で、論説に筆をふるうような大物論客は必要ではなくなったのです。反政府的な言論機関であった新聞は、政府から必要な情報を提供してもらうだけの報道機関に変質してしまったのです。そうした状況の中で、「硬派」といわれた、政治的論説を真正面から書くような記者が新聞社から去っていったのでした。「硬派」論説記者にかわって必要になったのが「小説家」だったのです。

池辺三山には、日露戦争後の新しい新聞読者の市場に対応する、明確な経営方針が出来上っていたようです。日露戦争の直前までに、小学校の就学率は九〇パーセントを超えていました。中学生が一〇万人を超え、高等学校も第八まで増設され、帝国大学も東京だけではなく京都、東北、九州と増えていく時代でした。大衆化することによって市場化した、知的読者層をいかにつかむかが、商品としての戦争情報が無くなってしまった時点での、新聞が生き残っていくための重要な戦略だったのです。その中心的な商品として、「小説」が位置づけられ、三山の改革は、社会面の改良と、小説欄の充実にむけられたのです。

「小説」が、戦後の新聞経営の主力商品になりうるという計算は、日露戦争がはじまる時点で起きた、ある事件とも結びついていました。一九〇四(明治三七)年一月に、『大阪朝日新聞』が賞金五百円で懸賞小説を募集し、その第一回の当選者として、「黒風白雨桜主人」という筆名の筆者が入賞します。しかし当選が発表されても、本人が名乗り出てきません。新聞をあげての作者探しがはじまります。おりしも日露戦争がはじまり、しばらくたってからこの著者が、出征軍人であるところの近衛師団佐倉連隊歩兵軍曹大倉桃郎（とうろう）であることが、友人の投書から発覚します。こうした戦時のセンセーショナリズムの中で当選作『琵琶歌』は熱狂的な反響でむかえられることになります。

もとより「小説」は、虚構の言説ですから、実際の事件が起きなくても、いくらでも商品となる事件を生み出せる装置です。戦争の終結によって主要な商品の供給源を失った新聞が、作者を含めての商品性をもつにいたった「小説」に目をつけるのは当然です。自らを「硬派」の論客だと思っていた長谷川辰之助が、日露戦争後、かつて有名であった、二葉亭四迷という筆名で「小説」を書くことを、『大阪朝日新聞』の首脳から要請され、くやしい思いをしたのも、このような経営戦略の変更の中で起きた事件だったのです。

商品としての「人格」

『吾輩は猫である』を日露戦争の只中で発表し、有名になった「夏目漱石」は、同時に『帝国文学』という東京帝国大学を象徴する文学雑誌に、夏目金之助としてイギリス帰りのエリート知識人としての技量を発揮した、『倫敦塔』のような小説を発表する、きわめて新しいタイプの表現者だったわけです。

夏目金之助を専属の書き手として商品化したいという欲望は、他の新聞社にもあったようです。一九〇六(明治三九)年の年末には、『読売新聞』からの交渉もありました。金之助自身の心の中でも、経済的な問題も含めて大学教師を続けるのか、それとも専属の新聞小説家になるのかという迷いが強くなっていったように思えます。

このあたりの事情は、翌年の一月に『ホトトギス』に発表された、『野分(のわき)』という小説に明確にあらわれています。『野分』の中心的なストーリーは次のようなものです。

高柳周作という、大学は出たが定職のない、文学者志望の青年は、かつて中学時代に、自分たちが追放運動をしかけた、白井道也という元教師と東京で再会します。道也は、すでに教師をやめて、雑誌記者のようなことをしながら、文筆活動に専念しています。高柳は道也の著作と演説に感銘を受け、道也を師として慕い、「人格」と「人格」を響かせあう「知己」になろうとします。

しかし、結核にかかった高柳は、中野という金満家の息子である友人から、「百円」を借りて転地療養をすることになります。そのことを報告するために道也の家を訪ねると、そこには借金取りが来ていて、「百円」の取り立てをしているのです。そこで高柳は、懐にあった「百円」を取り出し、出版の予定が決まらないまま床の間に置いてあった、道也の『人格論』の原稿を買い取って去るのです。

「百円」という金銭が、登場人物の間を循環するこの物語は、表層では、窮地に陥った師を助けるために、自分の命を代償にしていく青年をめぐる美談になります。しかし、当時では致死の病であった結核を治すためのお金を差し出して、師とあおぐ存在の思想を記した、その名も『人格論』という原稿を買い取る物語が美談となるのは、あくまでも高柳の主観に即してのことです。「百円」の流通過程を客観的に見てみると、その中には多くの潜在的な裏切りが内包されています。

文学者としての白井道也が『人格論』を執筆したのは、そこに記された思想によって、読者に働きかけるためです。しかも道也は、この『人格論』を出版し、なるべく多くの読者に自らの思想を伝えようとしていたはずです。それをたった一人の弟子高柳が買い取って専有してしまうわけですから、高柳の行為は、道也が「文学者」となる可能性を摘みとったことにもなります。

また借金の取り立ては、中野の父が経営する会社に勤めている道也の兄が、会社でも批難されている、道也の資本家批判の言論活動を止めさせるために仕組んだわなだったのです。その意味では、高柳が『人格論』を買い取ることで、出版の可能性が無くなったということは、中野の父に代表される資本家たちを利することになったわけです。『人格論』の代金「百円」は、息子の中野から出ているわけですから、中野家の金は、みごとに、言論封殺を行うための買収資金として使用されたことになります。

さらに、高柳は、中野から「百円」を借りるにあたって、ただ借りることを拒み、身体を治し健康になった将来において自分が書くであろう、未完の文学作品の原稿料の前払いという形にしています。そうだとすれば、高柳は、親友との約束を破っただけではなく、自らが「文学者」になる可能性をも摘みとってしまったことになります。

しかも、高柳が感動した、野分の吹きすさぶ中で行われた道也の演説のテーマの一つは、商売の上にではなく、「人事上」に金銭の力を作用させることへの批判でした。道也は、「人事上に其力を利用するときは、訳のわかつた人に聞かねばならぬ。さうしければ社会の悪を自ら醸造して平気で居る事がある。今の金持の金のある一部分は常に此目的に向つて使用されて居る」と警告していました。皮肉なことに、高柳の行為は、尊敬する師の思想さえ裏切っていたことになるわけです。

興味深いことに、「百円」の流通過程を知ることができるのは、この小説の読者だけです。『野分』という小説の登場人物たちには、決して今述べたような客観的な事実は見えていないのです。まさに漱石は、その中に居るものにとっては見えざるシステムとして機能している、資本主義的な関係を、言葉が商品になる過程をとおして描いていたことになります。日露戦争後の商業ジャーナリズムの中で、言説が商品となっていくばかりか、そうした思想や言葉を生み出す「人格」自体までもが商品になってしまうことを明示しています。

言葉や「人格」を含むあらゆるモノやコトが商品となる時代において、いったいどのような選択をするのかということを、見えざるシステムとして機能するプリント・キャピタリズムを問う形で執筆されたのが、『野分』という小説だったのです。

新聞屋が商売ならば、大学屋も商売である

『東京朝日新聞』との入社交渉にあたって、夏目金之助は、正岡子規によって与えら

れ、自らを命名した筆名「漱石」という商品の売り手となったのです。執拗なまでの給与についてのこだわりは、自らの意志によって「漱石」という商品の交換価値を定め、「人格」が商品化される状況の中に、確信犯的に飛び込む決意のあらわれだったのです。

新聞屋が商売ならば、大学屋も商売である。商売でなければ、教授や博士になりたがる必要はなからう。月俸を上げてもらふ必要はなからう。勅任官になる必要はなからう。新聞が商売である如く大学も商売である。新聞が下卑た商売であれば大学も下卑た商売である。只個人として営業してゐるのと、御上で御営業になるのとの差丈けである。

「漱石」の「入社の辞」(『東京朝日新聞』一九〇七・五・三)は、あの池辺三山の「入社の辞」を強く意識していることがわかります。「言論」が商品であるという自覚を明示した三山に招かれた「漱石」は、それを一歩進めて、プリント・キャピタリズムが成立した時代においては、「新聞屋」が儲けを目的とした「商売」であると言い切ったのです。「漱石」の「入社の辞」のもう一つの過激さは、「新聞屋」が商売であると言ったついでに、「大学屋も商売である」と言い切ってしまうところにあります。帝国大学を頂点とした学歴社会のエリートコースを歩みながら、しかし政治家や大実業家にはなれなかった知識人は、国家から与えられた「教授や博士」さらには「勅任官」という社会的ステイタスによって「商売」をしているにすぎない、という断言は、正鵠（せいこく）を射ていただけに、同時代においては、きわめて衝撃的だったはずです。

「大学屋」は、帝国主義段階に入った国家、すなわち「御上」と契約を結んだ個人であり、その「商売」はたとえば明治天皇という、最も大きな主体によって与えられた「勅任官」というステイタスによって、より有利な「御営業」が可能になるのです。商品としての「大学屋」の価格は、年俸という形で、国家＝「御上」によって認定されます。そして「教授や博士」という、天皇＝象徴的な父によって命名された肩書きによって、新聞や雑誌に執筆する際の価格が高くなるわけです。

それに対して「新聞屋」は、「個人」と「個人」の契約に基づいて、新聞というメディアに執筆し、「個人」としての読者に支持されるか否かによって、その商品としての価格は決まっていきます。もちろん国家から与えられた肩書きなどありません。「個人」をあらわす、筆名だけが、「営業」に際しての同一性となるのです。

同じ「商売」ならば、「個人として営業してゐる」「新聞屋」を選ぶという、帝国大学の教師夏目金之助による「漱石」という筆名の選択は、帝国主義段階に入った国家と個人の関係を見すえたうえでの二者択一であったといってよいでしょう。

「漱石」は、「文学」的著作に関しては、『東京朝日新聞』に身売りしたことになります。しかし、それ以外の言説においては、明確に「自由」であるという契約を結んでいます。国家に養われていない以上、これに対する「個人として」の批判も可能になります。

状況に拘束されていることを明確に自覚しながら、したがって状況を超越することが不可能であることの覚悟を決めながら、状況をその内部において批判しうる「自由」を、夏目金之助は、「漱石」になることによって、東京帝国大学「教授」という職を放擲(ほうてき)することを代償として獲得したのです。

第六章　金力と権力

漱石と金銭

二〇世紀末の日本人のほとんどは、ほぼ毎日といっていいくらい、夏目漱石と顔をあわせていました。それは「金之助」という本名をもつ漱石の肖像が、庶民にとっては最も使用頻度の高い、千円札という紙幣に印刷されていたからです。家と家、養父と実父の間で金銭で売り買いされるという青春期の体験をもつ人の顔を、こともあろうに紙幣に印刷してしまう感覚に対しては、ある恥しさと憤りを感ぜずにはいられませんでした。

それにしても、夏目金之助／漱石は、生涯にわたって、金銭にこだわらざるをえない人生をおくってしまったようです。『道草』に記されている幼少期の記憶の中で、とりわけ哀切なのは、子どもである健三が養父母にさしむけた愛情の表現の代償として、常に金銭が支払われていたように感じてしまうという件（くだり）です。「夫婦は健三を可愛（かあい）がつてゐた。けれども其（その）愛情のうちには変な報酬が予期されてゐた。金の力で美くしい女を囲つてゐる人が、其女の好きなものを、云ふが儘（まま）に買つて呉れるのと同じ様」な態度をとっていたのです。

ロンドンに留学した際にも、給費の不足を強く感じていますし、帰国後も金の工面に追われ、東京帝国大学の講師になってからも、日常の生活費のことを細かな所まで気にしていて、自分で家計簿をつけている時期さえあるのです。帝大の教師を辞める決意をしたのも、『朝日新聞』から提示された報酬による、経済的な安定が重要な要因となっています。

そして『朝日新聞』入社直前に執筆した『野分』という小説が、「百円」という金銭の流通を中軸としてストーリーが展開し、高柳周作の命と彼の文学的才能、白井道也の日常生活を支える経済的条件と『人格論』に結晶した彼の思想、反資本家的発言をおさえようとする中野の父の意図と、友人の病を治させようとする中野輝一の友情、こうしたレヴェルを異にする一切の物事が、「百円」で等価交換されてしまう世界を描いていたことも、すでに確認してきたことです。

精神を買う道具

実は『野分』を書いてから八年後、一九一四(大正三)年一一月二五日、漱石は学習院の教職員と学生の親睦組織である輔仁(ほじん)会で、白井道也とほぼ同じようなことを語っているのです。恵まれた家庭に育った学習院の学生たちを強く意識したこの講演は、『私の個人主義』(『輔仁会雑誌』一九一五・三)と題されて活字になっています。そこで漱石は、「金力」についてこう述べています。

> 金銭といふものは至極重宝なもので、何へでも自由自在に融通が利く。たとへば今私が此所(ここ)で、相場をして十万円儲けたとすると、其十万円で家屋を立てる事も出来るし、書籍を買ふ事も出来るし、又は花柳社界を賑はす事も出来るし、つまりどんな形にでも変つて行く事が出来ます。そのうちでも人間の精神を買ふ手段に使用出来るのだから恐ろしいではありませんか。即ちそれを振り蒔いて、人間の徳義心を買ひ占める、即ち其人の魂を堕落させる道具とするのです。

この講演の中で漱石は、「権力」を「自分の個性を他人の頭の上に無理矢理に圧し付ける道具」と定義し、「金力」を「個性を拡張するために、他人の上に誘惑の道具として使用し得る至極重宝なもの」と規定しています。つまり、資本主義社会における人間関係の根底に、「金力」が働いていること、しかもそれが「人間の精神」を売買し、「人間の徳義心」と「人の魂」を「堕落させる道具」として機能していることを明らかにしているわけです。

こうした認識は、カール・マルクスが『資本論』で示した「貨幣を見てもなにがそれに転化したかはわからないのだから、あらゆるものが、商品であろうとなかろうと、貨幣に転化する。すべてのものが売れるものとなり、買えるものとなる。流通は、大きな社会的な坩堝(るつぼ)となり、いっさいのものがそこに投げこまれてはまた貨幣結晶となって出てくる」(国民文庫版、第一巻)という考え方と通底しています。

この世に存在するあらゆるモノやコトが、貨幣によって交換可能になり、そうであるがゆえに貨幣がほかのすべてのモノやコトを支配するようになったのです。そこに「至極重宝」な「金銭」の「力」が発生するのです。そして漱石が最も問題にしているのは、「人間」の「精神」や「徳義心」や「魂」までもが、貨幣によって売り買いされる、資本主義社会の在り方なのです。

マルクスと漱石

東北大学の漱石文庫の中にあるマルクスの『資本論』には、漱石が読んだ形跡は認められないのですが、ロンドン留学をしていた時点で、漱石はマルクスの理論に出会っていました。『文学論』の着想を報告する岳父中根重一宛の手紙(一九〇二・三・一五)の中で、夏目金之助は、西欧文明の決定的な失敗を、貧富の差としての階級制度を固定したために、優秀な人材を失い、愚かな金持だけが国を支配するようになったのだと述べたうえで、日本の現状について警告しています。「日本にて之と同様の境遇に向ひ候はゞ(現に向ひつゝあると存候)かの土方人足の智識文字の発達する未来に於ては由々しき大事と存候　カールマークスの所論の如きは単に純粋の理窟としても欠点有之べくとは存候へども今日の世界に此説の出づるは当然の事と存候」。

「カールマークス」の論に対して、理論的な「欠点」を指摘しつつも「世界」の現状に即せば「当然」あらわれてしかるべき議論だとして、ロンドンの金之助はマルクスを認めているのです。『文学論』を準備するにあたって金之助が読んだ、いわゆる「社会学」系の書物にも、マルクスの議論をめぐる紹介がいくつもみられます。

このときの金之助のマルクス理解は、階級闘争にその重点がおかれているようですが、小説家としての「漱石」は、マルクスの『資本論』の中心的なテーマである、貨幣と商品の問題を、繰り返し小説の人間関係をめぐる主要な動力として使っていくことになるのです。

資本と人間

『吾輩は猫である』が連載小説となっていくうえでの主要な出来事の一つは、苦沙弥先生の教え子で物理学者の水島寒月と、その姓も金田という成金の娘との、恋愛と結婚をめぐる騒動です。結果として寒月は、金田の娘富子と結婚はせず、故郷の娘と婚約し、富子は、やはり苦沙弥先生の教え子で、実業家をめざしている多々良三平と婚約します。

金田家のことをよく思っていない苦沙弥に、美学者迷亭はこう言います。「金田某は何だい紙幣に眼鼻をつけた丈の人間ぢやないか、奇警なる語を以て形容するならば彼は一個の活動紙幣に過ぎんのである。活動紙幣の娘なら活動切手位な所だらう」。つまり資本家である金田父の価値が、市場で流通する貨幣資本、すなわち流通資本とのアナロジーでとらえられ、その娘は流通証券としてとらえられているわけです。絶妙な比喩なのですが、この言説が金田家に対する批判になりえるのは、「紙幣」が、それ自体としては何ら価値をもっていないにもかかわらず、あたかも価値をもつかのように振舞うことによります。

「金力」を使って、苦沙弥先生に様々な嫌がらせをする金田家は、それこそ「人間の精神」を金で「買」おうとする象徴になっています。苦沙弥先生を屈服させ、寒月君に博士号をとらせ、自分の娘と結婚させようとする金田家の意図は、周囲の人々に金をつかませることで実現されようとするのですが、成功はしません。

このほかにも『吾輩は猫である』においては、人間の生き死にを商品とする保険の問題、人格を形成するはずの教育が投資でしかないこと、あるいは社交界に出入りする若い女性たちが、自分を男に高く売りつけようとしていることなど、人間と貨幣をめぐる多様なことがらが批判的にとらえられていくことになります。

『坊っちゃん』は、一見金銭とは無縁な世界と思われがちですが、坊っちゃんが数学の教師になるきっかけは、父親が亡くなった後、兄と分けた遺産を、商売の資本（もとで）にするのではなく、学資にして、「物理学校」に通うことに決めたからです。ここでは、商業学校に通い実業家をめざす兄にとっては商売の資本（もとで）になる金銭と等価なこととして、学校で教育を受けることが位置づけられているわけです。学校小説としての『坊っちゃん』の、最初の設定が、商売と教育の等価交換として現象しているということは、大変興味深いことです。

それだけではなく、赤シャツの権力は、給与の額を決めることができることとしてあらわされていますし、マドンナを競いあったうらなり君の九州行きも、表向きは給与の問題として処理されています。ここには、「先生」と呼ばれる教師が、給与生活者でしかなく、自らの知識を商品として切り売りしているにすぎない、という実態が的確にとらえられています。

そしてその給与の額、つまりは教師の値段を決めるのが、教頭である赤シャツで、それゆえに彼が学校内での権力をもっているという設定になっているわけです。この小説で、「金力」が人と人との支配関係をつくり出していることがおさえられていればこそ、坊っちゃんは山嵐とのお金の貸し借りにこだわったのですし、死んでしまった清に、お金を返すことができなくなっていることをなげきもするのです。ごくわずかな金銭の貸借関係に、坊っちゃんという青年の倫理性が刻まれていることがわかります。

労働力商品としての人間

『坑夫』という小説の主人公は、恋愛の三角関係に嫌気がさして、家出をしてきた青年ですが、彼が茶店でポン引きの長蔵から、「儲ける気はないか」と声をかけられ、ついには鉱山の坑夫になる物語の設定は、親や家といったそれまでの自己の同一性の支えになっていた一切の関係性を失えば、人間は一個の労働力商品になるしかないことを、正確にあばいていています。死のうかとも考えて家出をしてきた坊っちゃん育ちの青年が、生きる方向へ転じた瞬間、長蔵に労働力商品として見出され、「儲ける」という資本主義的な価値体系に引き込まれていきます。長蔵が途中で声をかけた「赤毛布（ゲット）」や「小僧」と、まったく同じ労働力商品として、「自分」は鉱山に売られたわけです。

出身や教育のあるなし、ましてや人格など問題にならないような世界を見た青年にとって、自分と同じ評価軸をもっている、教育を受けた事務の人や安さんが、心のよりどころとなるのも無理のないことなのです。その意味で、『坑夫』は、「意識の流れ」小説という形式をもっているのですが、いわば、人間の主体が、資本主義的なシステムにのみこまれていくとき、どのような疎外体験をするのかをめぐる、「意識」のドラマを描いていているということもできるのだと思います。

『三四郎』における金銭の貸借

『三四郎』においては、三四郎と美禰子の淡い恋の物語として読むことのできる、表層のストーリーの背後に、読者の意識を深層に誘う鍵として、「二十円」の貸借関係が仕掛けられています。この小説の基本的な情報は、三四郎に意識されたことを中心に焦点化されて書かれていますから、この「二十円」の貸借関係は、テクストの表層では、断片的な情報としてしかあらわれてきません。けれども、この「二十円」の貸借関係を、一つの時間軸の流れの中に配置してみると、都市の消費生活者である、本郷帝国大学文化圏に属する登場人物たちの生活実態が浮き彫りになってくるのです。

　三四郎が、この貸借関係にまきこまれるきっかけは、こう記されています。

> 与次郎の失くした金は、額で二十円、但し人のものである。去年広田先生が此前の家を借りる時分に、三ケ月の敷金に窮して、足りない所を一時野々宮さんから用達つて貰つた事がある。然るに其金は野々宮さんが、妹にヴイオリンを買つて遣らなくてはならないとかで、わざ〳〵国元の親父さんから送らせたものださうだ。それだから今日が今日必要といふ程でない代りに、延びれば延びる程よし子が困る。よし子は現に今でもヴイオリンを買はずに済ましてゐる。広田先生が返さないからである。先生だつて返せればとうに返すんだらうが、月々余裕が一文も出ない上に、月給以外に決して稼がない男だから、つい夫なりにしてあつた。所が此夏高等学校の受験生の答案調を引き受けた時の手当が六十円此頃になつて漸く受け取れた。それで漸く義理を済ます事になつて、与次郎が其使ひを云ひ付かつた。

ことの発端は「去年」すなわち、三四郎が上京してくる一年前にあることがわかります。一年前に広田先生は、引越しをしたのですが、そのときの費用が足りなかったのです。この設定は、日露戦争後の東京における住宅難と家賃の高騰を反映しています。戦後の不況下で、地方から多くの人々が東京に仕事を求めて流入してきたことによります。

広田先生は引越しのための「敷金」が足りなかった分を、友人の野々宮さんから借りました。帝国大学からの月五五円の給与だけでは、妹よし子との生活を維持できずに、非常勤のアルバイトまでしている野々宮さんに、なぜこのとき広田先生に貸すことのできる「二十円」という余分なお金があったのでしょうか。

それは妹のよし子が、女学校の授業で使うヴァイオリンを買うための費用で、故郷の父親から送られてきたものだったのです。つまり、このお金は、野々宮父が娘のよし子のために送ってきたもので、野々宮兄の所有ではないお金だったはずなのですが、野々宮兄は、親がかりの妹のための金銭を取り上げて、広田先生に貸してしまったのです。金銭の所有をめぐる権利と、家族内の支配と被支配をめぐる関係性の問題が、こうしたなにげないエピソードの中にも織り込まれているのです。

広田先生は、この借金を一年間返さずじまいだったのです。これは「二十円」の金額を、余分に生み出すような経済的な余裕が、彼の日々の生活には存在していないことを示しています。広田先生が一年ぶりに借金を返すことができるようになるのは、この夏の入学試験の採点で臨時収入が入り、まとまった金額が手元にあったからです。広田先生は野々宮にお金を返そうと、与次郎を使いにやり、その途中で与次郎が「二十円」を競馬ですってしまったのです。

この「二十円」の貸借関係は、広田先生や野々宮も含めて、東京に住む男たちが、いまだ経済的に自立しえないことの象徴となっています。事実三四郎は母から送られてきた「二十五円」の仕送りから「二十円」を与次郎に渡すことになるのです。

引越しと住宅費

近代の都市生活者は、衣食住にかかわるすべてに関して、現金決済の消費生活をするしかありません。そのためには常に、ある一定の現金収入の規模が月々必要になります。広田と野々宮、与次郎と三四郎といった男同士の友人関係における利子をとらぬ金銭の貸借関係から見えてくるのは、第一高等学校の教師広田萇(ちょう)も、東京帝国大学理科大学講師野々宮宗八も、月々の収入でぎりぎりの生活をしていた、という現実です。もちろん、それはこの二人の知的労働力が、国家に買われているということの帰結でもあるわけです。

「二十円」の借金問題が広田先生の引越しがらみだということも見逃せません。家賃、つまり衣食住の住に支払われるべき金銭は、生活を支えるうえで最も基本的なものです。家賃を安くするために、広田先生はこの小説の一年数ヶ月というわずかな時間幅の中で二度も引越しをするわけです。日露戦争後の不況の中、東京に地方から職をもとめて、大量の人間が流入してきたことが、家賃と居住費の高騰をまねいたのです。広田先生の二度目の引越しのとき、三四郎が「里見美禰子」という「池の女」の本名をはじめて知った日、大久保の貸家に引越したばかりの野々宮が再び下宿生活に戻ることが、当人から報告されます。実は野々宮もこの小説の中で、二度も引越しをするのです。

野々宮の引越しの表向きの理由は、伝染病で入院していた妹のよし子が退院して新しい貸家に住んでみたのですが、学校に通う道筋が物騒で嫌(いや)だというから、というものです。けれども、「二十円」の貸借関係から透けてみえる経済生活の厳しさを考慮に入れてみると、野々宮は妹よし子が突然入院をし、予想していなかった入院費その他の臨時支出がかさみ、借りたばかりの一戸建ての家を捨てて、もう一度下宿生活に戻って、「敷金」の返却で入院費その他の埋めあわせをしようとしたという類推も成りたちます。

広田先生が与次郎を仲立ちにして、野々宮に「二十円」を返却するのは、ちょうどこの時期に重なっていたわけです。もちろん臨時収入があったとしても、広田先生の方も、家賃の安い家に引越すことで、「敷金」の差額で経済的な余裕が少し出たために、一年間も返済を延ばしてきた借金を返すことができたのです。

与次郎が、借りた「二十円」を返さないために、三四郎がピンチにおちいるのも、やはり下宿代が月末に支払えないという住宅費をめぐってのことです。ちなみに与次郎は広田先生のところに居候（いそうろう）として同居していますから、彼は自ら住宅費を負担しない人間だということになります。同じような立場にいるのが、兄と同居していたよし子と、やはり兄と同居している美禰子です。野々宮が下宿に移ってからは、よし子は美禰子のところに、つまりは美禰子の兄、里見恭介の家に居候をしているのです。

引越しと住宅費をめぐる金銭の貸借関係は、この小説における登場人物たちの潜在的な関係性を浮かびあがらせる仕掛けになっているのです。

小口当座預金通帳

なかなか借金を返さない与次郎は、下宿代が払えずに困っている三四郎に、里見美禰子から借金をすることを勧めます。この提案に三四郎は驚いてしまいます。彼の驚きは、女であり、娘であり、妹でもある里見美禰子が、「二十円」もの大金を自由にできるのかどうかというところにあります。兄の恭介の許しを得ているのかどうかということも確認します。つまり三四郎の意識の中には、女性が経済的な主体にはなれないという、明治三一年に成立した、明治民法に貫かれている思想が一つの枠組として入っているわけです。

三四郎は、あまり気乗りはしなかったのですが、とりあえず里見美禰子の家に行きます。広田先生の引越しの際、美禰子の本名を知るきっかけとなったのは彼女から手渡された名刺ですが、その名刺の肩書きの位置に記されていた「本郷真砂町」にある家に、このとき三四郎ははじめて足を踏み入れたことになります。三四郎の通された部屋は、壁に鏡のうめ込んである西洋風の応接間で、里見の家の豊かさが象徴されています。

　待っている間にメロディーを奏る上手なヴァイオリンの音色と、まったく下手なヴァイオリンの音が、前後して聞こえてきますが、これは、例の「二十円」が野々宮に返されて、よし子が一年ぶりにヴァイオリンを買ってもらえたことと、野々宮が借家をひきはらい、下宿住いに移ったことによって、よし子が里見家に居候をしているということを暗示しています。「二十円」は、やはり家と引越しに深くかかわる金銭なのです。

　美禰子から「二十円」を借りるかどうかを決めていない三四郎がうじうじしているものですから、彼女は三四郎を外に連れ出し、真砂町から本郷の交差点の方に歩いていきます。

　　二人は四丁目の角を切(き)り通(どお)しの方へ折れた。三十間程行くと、右側に大きな西洋館がある。美禰子は其(その)前に留(とま)つた。帯の間から薄い帳面と、印形(いんぎょう)を出して、
　「御願ひ」と云つた。

「何ですか」

「是(これ)で御金を取つて頂戴」

三四郎は手を出して、帳面を受取つた。真中(まんなか)に小口当座預金通帳(こぐちとうざあずかりきんかよいちょう)とあつて、横に里見美禰子殿と書いてある。三四郎は帳面と印形を持つた儘(まま)、女の顔を見て立つた。

「三十円」と女が金高(きんだか)を云つた。恰(あたか)も毎日銀行へ金を取りに行き慣(つ)けた者に対する口振(くちぶり)である。幸ひ、三四郎は国にゐる時分、かう云ふ帳面を持(もつ)て度々(たびたび)豊津迄(まで)出掛けた事がある。すぐ石段を上(のぼ)つて、戸を開けて、銀行の中へ這入(はい)つた。帳面と印形を掛(かかり)のものに渡して、必要の金額を受取つて出て見ると、美禰子は待つてゐない。もう切通(きりどお)しの方へ二十間許(ばかり)歩き出してゐる。

三四郎にとって、銀行に自分の名義で預金口座をもち、それを自由に出し入れして、自分に「三十円」も貸してくれようとする「里見美禰子」という存在は、驚くべき新しいタイプの女性だったことがわかります。しかし三四郎には、美禰子が「里見美禰子殿」と書かれた「小口当座預金通帳」をもっている意味がまったくわからないのです。逆に読者にとっては、この出来事がこのときの美禰子のおかれていた現実を象徴するものとして提示されているのです。

生家を追われる妹

読者に示された解読の鍵は四つあります。銀行から出たあと二人は、上野の展覧会に行きます。そこで同姓の兄と妹が描いた絵を見るのですが、三四郎はそれを別々な絵だとわからず、美禰子からたしなめられます。これが一つ。二つ目は展覧会場で野々宮と会い、二人連れであることを見とがめられるのですが、美禰子はことさらに三四郎と親しげなそぶりを見せつけるということです。三つ目は原口という美禰子の肖像画を描いている画家が、野々宮と一緒に来ていて、その絵が展覧会場の中心に展示されるだろうと言い、美禰子は最近この絵の完成が急がれはじめたことを三四郎に伝えているということ。四つ目は、後に三四郎が借りたお金を返そうとして、原口のアトリエでモデルになっている美禰子を訪れたとき、彼女の兄里見恭介の結婚が近いことをそこで知らされる、ということです。

「里見」の家を現在相続しているのは、両親と長男が死んだ後では、里見恭介なのです。彼が結婚するとなれば、妹である美禰子は、兄の嫁に対しては、当時最もいやがられた「小姑（こじゅうと）」になるわけですし、野々宮と同じ歳の法学士である恭介の収入で、妻と妹二人を日々養っていくのが困難であることは、野々宮とよし子の例からもわかります。もちろん家は持ち家でしょうから、家賃の分だけは恭介の方が楽なわけですが、たとえそうだとしても、美禰子は兄が結婚する以上「里見」の家を出て、別な姓をもつ男のもとに嫁いでいくしかないのです。同姓であっても兄と妹は、家との関係においては全く別な条件におかれているわけです。

野々宮と美禰子の間に結婚をめぐるなんらかの話があったとすると、この間の事態はこう考えることができます。野々宮は美禰子との結婚の準備のために一戸建ての家を借りたにもかかわらず、妹のよし子の突然の病気と入院、そして退院後の借家に対するよし子の強い不満によって、借家を維持することができなくなってしまったので、野々宮は借りたばかりの一戸建てを捨てて、もう一度下宿暮しに戻って、敷金の返却によって入院費という臨時支出の埋め合せをしようとしたという筋書きです。

かなり鈍い三四郎でさえ、野々宮の引越しに際して、一戸建ての家にいると美禰子との結婚が近い、けれども下宿をすると、当分二人の結婚はありえないと判断しています。もちろん、野々宮も美禰子との結婚に際しては、妹のよし子を誰か別な男に嫁がせるしかなかったはずです。それもよし子の病気によって、しばらくは実現不可能になったことも事実なのです。

もし、以上のような事情だとすれば、広田先生の引越しのときに、再び下宿暮しに戻ると野々宮が発言したことは、美禰子にとっては、かなりショックを与える言葉だったはずです。しかも、兄恭介の結婚話が現実のこととして進行しはじめたのですから、美禰子の結婚をめぐる話もそれにあわせて急がれていたにちがいありません。

兄恭介は、里見家の財産に関してすでに妹の分を分与し、彼女が結婚するときには持参金として持っていくように、「里見美禰子」名義の「小口当座預金」の口座に入れていたので、美禰子はまとまった金銭を自分で所有し、三四郎に貸すこともできたのです。

それまで兄と二人で、「里見」という同じ家、同じ姓のもとで生活していた美禰子は、明らかに「里見」という家を出て、「里見」という姓を捨てなければならない運命におかれていたことが、あの「預金通帳」の名前には象徴されていたのです。新しい姓をもった別な男のところに嫁ぐまでの、わずかな期間、美禰子が自由にできる金銭が、「小口当座預金通帳」に記されていた額なのです。その金額はまた、兄という男から夫という別な男へ、商品のように売り渡されていく、彼女の値段、持参金でもあったのです。そうした金額から、美禰子は「三十円」を三四郎に貸したのでした。

男を買った女

美禰子から借りた「三十円」で三四郎は、下宿代を払います。もちろん不足していたのは「二十円」だけですから、一〇円は余分のはずだったのですが、三四郎は冬用のシャツを買ったりして使ってしまいます。この時点で発生した事態は、三四郎の生活費を結果として美禰子が支給したということです。

つまり、父や兄や夫という戸主になりうる男たちが、母や妹や妻の生活費を担うという、明治民法下における、男が女を経済的に支配するという権力関係の構図が、三四郎が美禰子から金を借りている間、逆転しているということになるわけです。しかも美禰子は繰り返し、貸したお金を全部使いなさい、そして返さなくていいと、三四郎に言っているわけですから、彼女はそう意識するとしないとにかかわらず、結果として三四郎の何日間かの生活を、自分の所有となった金銭で買おうとしたということになります。

男たちの間における「二十円」という貸借関係から一〇円だけ多い「三十円」という金額は、男による女の所有、男と男の間における女の売買、男の経済的負担に対し、自らの一生を妻や母として女がささげることを強要する、資本主義社会における「結婚」という制度の内実を暴露する装置になっているのです。自分の身を男に売り渡されてしまう直前に、ぎりぎりの抵抗として、美禰子は男である三四郎を買おうとしたのかもしれません。

もちろん三四郎はそのことに気づきません。故郷である熊本の母に「三十円」の埋め合わせを頼み、野々宮を経由してこの「三十円」が三四郎に渡されます。返さなくていいという美禰子の言葉を振り切るように三四郎は、「三十円」を彼女に返却します。そうとはまったく意識せずに、小川三四郎の母は、美禰子から息子を買い戻したのです。「三十円」を借りた銀行で、三四郎が母の使いで銀行に行ったことを思い起すのも偶然ではないのです。

まもなく「里見」姓ではなくなる美禰子に、小川三四郎が「三十円」を返却する本郷教会堂（チャーチ）では、姓を異にする実在の「三四郎」、石川三四郎が、同じ頃、中上流階級の娘たちの「商売結婚」を批判する説教をしていました。中山和子さんによれば、「本郷教会で受洗し、明治末年同じ教会堂で説教した」「自由思想家アナーキスト」である石川三四郎は、「自由恋愛私見」（『週刊平民新聞』一九〇四・九）で「財産を目的とする結婚、階級を目的とする結婚、勢力を目的とする結婚」を批判したのです（「『三四郎』――「商売結婚」と新しい女たち――」『漱石研究』一九九四・№2）。

『三四郎』における収支決算は、「明治十五年前の昔」に属する熊本の小川家の母が、「三十円」の臨時支出を一方的に強いられたことで終ります。もとはと言えば、高等教育を受ける女性に、ヴァイオリンを習わせるという、欧米列強と肩を並べ「一等国」になったつもりの日本の中で、「結婚」という売買において少しでも女性の商品価値を高めさせるための教育政策の中で、熊本の野々宮の父に臨時支出が要求されたことから貸借関係ははじまっていたのです。与次郎が競馬ですったお金を吸い上げたのは国家です。夫がいなくなった後、自分で家の財産をやりくりして運営している、小川母のような女たちから、法的な財産運営の権利を奪っているのも国家です。そして日露戦争後の戦争未亡人から経済的根拠を奪っているのも国家です。

思えば、三四郎が東京に来るとき最初に出会った「汽車の女」は、日露戦争後の不況の中で、夫が満州に出稼ぎに行ったまま仕送りをしなくなったため、実家に帰るところだったのです。両親の住む実家のない美禰子に、戻るところはありません。キリスト教の信者として、「結婚」と愛を一つのものとして考えていたかもしれない彼女にとって、生活を維持していくためだけの「結婚」は、「罪」だったのかもしれません。

美禰子が三四郎に発する最後の言葉、聖書から引用された「われは我が愆(とが)を知る。我が罪は常に我が前にあり」という謎めいた言葉を解釈する、多くの可能性の一つとして、こうした現実に対する思いがあったことを、私は選んでおきたいと思います。なぜなら、そうすることで、男だけを経済的な主体とし、男が一方的に女を売り買いする機構、家や家族の中における性差の権力性をつくり出した国家と法への、敗者であり被支配者である女の側からの漱石の批判を読みとることができるはずだからです。

金銭と愛情

『それから』という小説の物語は、主人公代助が、金銭と愛情をめぐる二者択一に迫られながら、同じ一つの出来事を金銭と愛情の二つに引き裂いてとらえるしかない状況の中で、意識と無意識の間で決定的な選択をしてしまうという形で進行していきます。

たとえば「結婚」について。代助はちょうど三〇歳という設定になっていて、当時の民法上、戸主である父親が承諾しないと結婚できないぎりぎりの年齢です。一年前から「一戸を構」えたのは、実業家である父が、資金調達に有利な土地付きの娘と代助を政略結婚させることを、最終的に実現させようとする意志をあらわしたからです。その見かえりとして、代助は帝国大学を出ても働きもせず、父から生活費をもらって暮しているのです。

けれども、関西方面で銀行員をしていた友人の平岡常次郎が、金の使い込みで解雇され、妻の三千代と三年ぶりに東京に戻ってくることで、この既定の路線にゆさぶりがかかります。女を買う平岡の遊蕩で、経済的困窮におちいった三千代に同情した代助は、次第に彼女に対する愛情に気づきはじめ、ついには、かつて自分がまとめた平岡と三千代の結婚を引き裂くように、三千代への愛を平岡に告白し、当時でいえば「姦通罪」になるぎりぎりのところまでつき進んでいきます。

もちろん、三千代との愛情を選ぶことは、父親を裏切ることになるわけですから、経済的な援助は断ち切られてしまいます。病にふせっている三千代のことを心配しながら、職探しに町へ出ていく代助の、「赤」に染められた意識を描写することで終る『それから』の世界は、あたかも一つことを金銭と愛情の二極に引き裂いた傷口から流れでる血を表象しているかのようです。

金銭と愛情の二極に引き裂かれた男女の物語は、日清戦争後、芝居や演歌といったサブカルチャーまでをも動員する形で、「国民文学」化した尾崎紅葉の『金色夜叉(こんじきやしゃ)』(一八九七〜一九〇二)で実現されていました。「ダイヤモンドに眼がくらみ……」というフレーズを誰もが思い起すように、間貫一(はざまかんいち)を裏切った宮は、銀行の跡取り息子富山唯継のダイヤモンドの指輪に身売りをしたかのような設定になっています。漱石も『草枕』の中で、『金色夜叉』に対してライバル意識を告白していますが、『それから』という小説では、ダイヤモンドではなく、「真珠」の「指輪」が重要な役割を果すことになります。

真珠の指輪の両義性

東京に戻ってきた三千代が、はじめて代助の家を一人で訪れるのは、旅宿から借家への引越しの前日です。このとき三千代は、「畳(かさ)ねた」手の、「上にした手」に、代助が結婚のお祝いに贈った「真珠」の「指輪」をはめています。わざわざそのように書かれるということは、当然もう一方の手にも「指輪」をはめていたのだけれど、そっちの方は下になっていた、ということも同時にあらわしているわけです。つまり、ことさら代助がプレゼントした「真珠」の「指輪」の方が、代助の眼につくように「上に」されていたとも考えられるわけです。

このときの三千代の用向きは、東京に着いたら、すぐに返却しなければならない借金があるので「五百円」を貸してもらえないかという、夫である平岡の代理としての借金の依頼でした。そうしてみると、代助から贈られた「真珠」の「指輪」をはめた手を「上にした」三千代の一つの姿勢は、それを金銭の問題系で解釈するのか、愛情の問題系で解釈するのかで、まったく異なった三千代像を結んでしまうことになります。

　金銭的利害関係の枠組で解釈すると、三千代は、代助から「五百円」という多額の借金をするために、かつて代助から結婚記念に贈ってもらった「指輪」をはめた手の方を代助に見えるように「上にした」ということになります。このポーズのメッセージは、「以前指輪を贈ってくれたように、今度もお金を貸して下さい」「私はあなたのことを忘れていないの、そんな私が困っているんだから、お金を貸して下さい」ということになります。もし、こうしたことを意識的にやっているとすれば、三千代はとても打算的でしたたかな女だということになります。

　それに対して愛情の枠組で考えると、本来の用向きのことよりも、代助と二人だけで会えることが嬉しくて、三千代は「結婚」のお祝いに代助から贈られた思い出の「指輪」を、あたかも二人の愛を象徴するもののように指にはめ、代助に平岡とのつらい「結婚」生活の実状を訴えることとなり、借金の話は、最後の申し訳程度のことであり、しかもそれが、平岡の遊蕩、心臓病の自分が性的欲望を満足させられなかったためであったことも明らかにしてしまうのですから、同情を求める代助への告白になっています。

　もちろん、どちらの場合でも、「真珠」の「指輪」の方を「上にした」ポーズが、意識的なのか、無意識にそうなったのか、代助がそれに過剰反応しただけなのか、ということも、三千代を解釈する大きな分かれ道になります。つまり金銭と愛情という二極に、もう一つ、「人工」か「自然」かという別方向の二極の引き裂かれが持ち込まれたことになります。そして、この分裂を読者に喚起するうえで、「真珠」という指輪の素材は、『それから』が発表された一九〇九(明治四二)年においては、最も力があったのです。この時期、「真珠」それ自身が「人工」と「自然」の間でゆらぐ表象だったからです。

日清戦争前後に、御木本幸吉(みきもとこうきち)博士が、真珠の養殖に成功し、特許をとります。そして、代助が三千代に「真珠」の「指輪」をプレゼントしたのが「三年前」で、『それから』の小説内的時間は明らかに明治四二年の春からはじまりますから、「三年前」は明治三九年ということになります。明治三八年一一月、真珠の養殖を一つの産業とすることにほぼ成功し、日本からの輸出品としての重要な位置を獲得することに功績のあった御木本幸吉は、明治天皇に「桃紅色、瑠璃色の真珠各々十二個」を「献上」し、「破格の謁を賜る」ことになったのです(『大阪毎日新聞』一九〇五・一一・一七)。同時代の読者にとって、「真珠」は「自然」と「人工」(養殖)の両義性の中にあったのです。ならば『それから』の中で、代助の三千代への愛情を支える、代助の意識の中における「自然」というキー・ワードも、決して単一の意味はもたなくなるのです。

失われた指輪と紙の指輪

三千代が二度目に代助の家を訪れるのは、代助が嫂（あによめ）から工面した、「二百円」の小切手の礼を言いに来るためでした。この日三千代は、代助と出会った当初に結っていた「銀杏返（いちょうがえし）」の髪型で、しかもやはり「結婚」前、三千代の兄が生きていた頃の思い出の花、「白い百合の花を三本許（ばかり）提げて」来ます。明らかに平岡と結婚する前の、過去の記憶を身にまとってきたのです。

息を切らしてやってきた三千代は、鈴蘭が漬けてある大きな鉢の水を飲んだ後、「心臓の方は、まだ悉皆（すっかり）善くないんですか」という代助の問いに、「悉皆（すっかり）善くなるなんて、生涯駄目ですわ」と答え、「繊（ほそ）い指を反（そら）して穿（は）めてゐる指環（ゆびわ）を見」るのです。この場合の「指環」は、「真珠」なのかどうか明記されていません。つまり一回目のとき「上に」なっていたのが代助の買った「指輪」なら、下の方には別な「指輪」があったはずです。当然それは平岡との「結婚」後、平岡の金で買ったものだということになります。「生涯駄目」という言葉と「穿めてゐる指環を見」る行為とは、その「指環」が誰から贈られたものかで、「結婚」という拘束とそこからの脱出という、二重の意味をさらに二重にして読者に伝達することになっています。

三度目に二人の間で「指輪」が問題になるのは、縁談の進行と「三千代の引力」に引き裂かれた代助が、両方から逃げるために旅行に出る決心をし、旅費を財布に入れたまま三千代の家を訪れたときです。そのとき三千代は「湯から出たての奇麗な繊い指を、代助の前に広げて見せ」ますが、そこに「指環」は「穿め」られていません。平岡が三千代に生活費を渡さないため、「指環」が質入れされたことを、この身振りは暗示しています。代助は「何気なく」、財布から紙幣をつかんで、「是を上げるから御使なさい」と三千代に渡そうとし、繰り返し拒否する彼女に「指環を受取るなら、これを受取つても、同じ事でせう。紙の指環だと思つて御貰ひなさい」(傍点引用者)と言います。

ここで代助がはからずも口にした言葉には重大な錯誤があります。もちろん代助にも三千代にも厳密な意味は自覚されていないのですが、「貸す金」と「上げる」金はまったくその性質を異にしているはずです。法的に考えれば「生活費」は、扶養者である夫が妻に渡すものです。それは一面では妻が夫に提供する家事労働と性的欲望の充足に対する代償でもあるわけです。それを代助はそうと意識せぬまま侵犯してしまったのです。

買われた生活

結婚祝いの「真珠」の「指輪」は、平岡が三千代に贈った「時計」とともに、夫となる平岡の眼の前で同じ店で購入されました。しかし、「紙の指環」は、夫平岡に内緒で手渡されようとしているのです。それらが決して「同じ事」ではないことは明らかです。三千代に生活費としての「紙の指環」を「上げ」た瞬間、代助は経済的には、法的な夫の位置にすべり込んだことになります。この後の行動が、「代助は美くしい夢を見た様に、暗い夜を切つて歩いた」と形容されていることからは、代助が意識と無意識の間で、この侵犯をとらえていたことがわかります。

「紙の指環」による平岡夫婦の関係に対する侵犯は、次第に代助の心の中で蟠(わだかま)りはじめることになります。その金が「何(ど)んな結果を夫婦の上に生じたらうか、それが気掛りだからと云ふ口実」をつくって代助は三千代の家を訪ねます。そこで四度目の、「指輪」をめぐるやりとりが行われるのです。

三千代は「黙つて」次の間の「用箪笥」から「赤い天鵞絨(びろうど)」の「小さい箱」を持ってきて代助に見せます。「中には昔(むか)し代助の遺つた指環がちやんと這入つてゐた」のです。三千代はたった一言、「可(い)いでせう、ね」と言うだけです。

もちろん、これは、代助から貰った「紙の指環」で、三千代が質入れした「真珠」の「指輪」を受け出してきた、ということの表明です。そのことは同時に、代助から貰った金銭を、直接生活費には使わなかったという形で、代助の侵犯に対して一線を画していることの表明にもなります。三千代が代助に許しを請うのもそのためです。けれども本当に侵犯は発生していないのでしょうか。

商品としての「真珠」の「指輪」の値段は、この当時、二〇円から三〇円の間(三四郎の借金額と同じ位です)ですから、それを質屋に入れて借りられる金額は、当然その値段より少ないわけですから、三千代が手にしたのは、一ヶ月分にはやや足りない生活費でしょう。しかし、すでに三千代は、質屋から借りたお金は使ってしまっていたはずです。質屋は商売ですから、お金を貸した期間に応じて、借りた側から元金に基づく利子を徴収します。三千代が質屋から「真珠」の「指輪」を受け出すには、借りた元金に日数分の利子を上乗せした金額を質屋に支払わねばならなかったはずです。そのために、代助が「上げ」た金額を使ったとしたならば、代助は明らかに、利子額に相当する日数の分だけ、三千代の生活、三千代の時間を買ったことになるのです。ここに潜在的な侵犯が存在しています。そしてこうした金銭上の関係が、貸借から贈与へなしくずしに転換する中で、代助の心の中では三千代に対する「愛情」が自覚されるようになる、と書かれているのです。

女を買う男たち

金銭上の関係の変化が愛情のうえでの変化に重ねられていることは、もう一つ重要な意味を読者に喚起することになります。これまでの三千代に対する金銭の受け渡しにおいて、その出所は結局父や兄が経済的主体となっている長井家であり、代助は「一文も出来やし」ない男なのです。この事実は、当然三千代に対する愛情の主体としての代助の脆弱さとつながっています。

事実三千代への告白において、代助は「愛」という言葉を使わず、「僕の存在には貴方(あなた)が必要だ」という言い方を選んでいます。そうであるにもかかわらず、三千代に対しては、「貴方(あなた)は平岡を愛してゐるんですか」「平岡は貴方を愛してゐるんですか」（傍点引用者）と二度までも「愛」という言葉を使用しているのです。さらに、父の勧める縁談を断り、父から「もう御前の世話はせんから」と言われて代助は動揺してしまいます。父の対応は十分予想できたはずです。そうであるにもかかわらず代助は、三千代を呼びつけて「物質上の責任」がとれない、などと言い出します。自分の「命」を投げ出している三千代の愛情との対比が、この言葉によって残酷なほどに明らかにされてしまっています。

このときの代助の動揺が三千代にどう受けとめられたかは小説には記されていません。平岡の口から、三千代が病気になったということが報告されるだけです。そして平岡とのやりとりの中で、はじめて「愛」という言葉が代助の口をついて出るのですが、その一方で、「三千代さんを呉れないか」「うん遣(や)らう」という、人間としての三千代の主体を女という性であるがゆえに、物のように扱う男同士の取引きで、二人の対話はしめくくられるのです。

思えば、代助も平岡も、自らの性欲の充足のために、金で女を買うことに、何ら倫理的抵抗感をもたない男たちとして設定されていました。男たちの金銭上の競争の中で、実は男だけを経済的主体とした明治日本の資本主義社会の実相が見えてくるのです。
物のように、あるいはあからさまに性的な商品として「遣」り取りされる女の背後に、

空洞化する日常

『門』の野中宗助は、学生時代、友人安井と同棲していた御米(およね)を奪うような形でいっしょになります。宗助は東京の資産家の息子でしたが、大学一年のとき東京帝大から京都帝大に移り、そこで安井と御米に出会います。宗助と御米と安井とのスキャンダルは、狭い京都の人間関係の中で話題になり、宗助は大学を退学せざるをえなくなり、親からも勘当(かんどう)同然となり、父の資産は叔父が管理することになり、弟の学資もそこから出ていました。

宗助は、家や資産、自らをより高い労働力商品として売るための学歴を、御米との愛情のために犠牲にしたということになります。しかし生活を支えるためには働かなくてはなりません。宗助は役所勤めのサラリーマンですが、それは給与生活者ということなのですから、給与のみかえりとして、自らの労働時間を役所や会社に売っている存在です。『門』の中では、休日と夜におきた出来事しか書かれません。唯一、宗助が御米の病気を心配して早退する際にだけ、役所の模様が描かれるのです。

どんなに激しく愛しあって一緒になった夫婦でも、二人で居られるのは、休日と夜し

かなく、あとのウィーク・デーのほとんどは、夫は勤め先で労働するのです。単純計算をすれば、サラリーマンの夫婦が一緒に暮せる時間は、二人で生きる年月の七分の一プラス夜、ということになるわけです。

そうした空白の時間の堆積により、仲の良い夫婦の意識の違いが、二人には意識されないまま、どんどん進行していき、いわば中身が空になったような状態に二人はおかれてしまうのです。それは二人が共有しているはずの過去、京都時代の流産、福岡時代の出産直後の子どもの死亡、そして上京後の死産、という連続する子どもの死に対する受け止め方の差異としてくっきり刻まれてしまいます。

御米は、安井への裏切りの報いとして子どもができないのだと考え、「私にはとても子供の出来る見込はない」と思い込み、体が硬直するヒステリー状態に自分を追い込んでいきます。しかし宗助の方は、過去の記憶を思い出さないようにし、自らも関与しているはずの子どもの死についての記憶をも忘却しつつあるのです。同時に、そうであるがゆえに、子どもを産まない御米を追いつめてしまうような言葉や態度を、日常生活の中にわりと平気で持ち込んでしまうのです。

帝国主義段階の資本主義社会の中で、自らの労働力を売るしか経済的生活の基盤を得ることのできない労働者は、そうすることによって、どんどん自らの内部を空洞化させていくことになるという現実を、宗助と御米の関係は、非常に冷徹にあらわしています。

資本主義的システムの中で働くということは、自らの身体のみならず、心までをも、知らぬまにどこかへ売りとばしてしまうことにつながっていることが明らかになっていきます。

「高等遊民」の系譜

逆に、『彼岸過迄』の須永市蔵や松本恒三は、仕事をしないで親の残した遺産で日々の生活を送る、松本の言葉でいえば「高等遊民」という設定になっています。もちろん財産は、父から男の子へ、わけても長男に相続されるわけですから、親の残した財産で生活するという恩恵にあずかることそれ自体が、一つの特権性だということになります。

事実、男である松本だけが遺産で暮す特権を与えられ、彼の姉たちは、須永家と田口家に嫁ぎ、妻かつ母として、別な男の経済的な支えで生きざるをえません。そして須永市蔵の父は、かつての軍人で後に実業界ともつながっていった人ですし、叔父の田口要作は官吏から実業界に入り、多くの会社の経営にかかわる、相当社会的地位の高い人です。また『彼岸過迄』の世界を読者に案内する役割を担っている田川敬太郎は、帝国大学を卒業しても、就職口の無い男で、彼が就職探しに必死にならざるをえないのは、須永のように、働かないで生活していくだけの親の財産がないからです。

つまり『彼岸過迄』の登場人物たちの設定は、資本主義的な市場に身を置かざるをえない者と、そうではない者とがきわめて対比的に配置される形になっています。そして物語の中心は、須永市蔵が、母と血がつながっておらず、かつて父が女中に産ませた子であるという生い立ち(それは継母の立場からすれば、不当な遺産相続、お家乗っ取りという意味を結ぶことさえ考えられます)に悩み、血のつながった田口千代子との結婚を勧める母の真意をはかりかね、千代子との関係に素直になれないでいる、というものです。須永が法学士であればこそ、遺産の相続をめぐる家族内構成員の不平等性に敏感にならざるをえなかったのは当然だと思います。

しかし、ただ父親の遺産を相続し、それを使うだけでは、早晩それは無くなってしまうはずです。都市生活者には、自らの日常生活を維持していくだけの一定の現金収入がどうしても必要なのですから、遺産をそのまま使うだけでは、長期的に「高等遊民」の生活を送っていくわけにはいきません。『彼岸過迄』では、それほど明確にされていない「高等遊民」の、親から相続した遺産をそのまま残しながら、日々の生活を維持していくパターンは、『こゝろ』において明確に言説化されることになります。

利子生活者の悲哀

『こゝろ』の先生は、その「遺書」の最初の方で、「私」という青年にむかって叔父に裏切られた財産問題について告白したあと、その結果を、こう整理しています。

田舎で畠地などを売らうとしたつて容易には売れませんし、いざとなると足元を見て踏み倒される恐れがあるので、私の受け取つた金額は、時価に比べると余程少ないものでした。自白すると、私の財産は自分が懐にして家を出た若干の公債と、後から此友人に送つて貰つた金丈なのです。親の遺産としては固より非常に減つてゐたに相違ありません。しかも私が積極的に減らしたのでないから、猶心持が悪かつたのです。けれども学生として生活するにはそれで充分以上でした。実をいふと私はそれから出る利子の半分も使へませんでした。此余裕ある私の学生生活が私を思ひも寄らない境遇に陥し入れたのです。

親から相続した不動産遺産を売却し、金銭に変換して銀行に預けると、それが相当の額であれば、預金から生み出される「利子」で「充分以上」の「生活」をすることが可能になるわけです。先生がこういう状態で東京に出てくるのは、下宿する先の「奥さん」が日清戦争未亡人であることから判断すると、日清戦争後だということがわかります。

つまり日清戦争に勝利した賠償金によって、大日本帝国が金本位制に入り（一八九七）近代的な金融制度が確立しつつあった時期と対応しています。いわゆる高利貸的金融から、国家と連動した銀行中心の金融へ移行した時期だったといえます。

つまり公的な性格を帯びた(実は私的なのですが)金融機関に、当座使用しない金銭を預けるということは、とりもなおさず、その金融機関を通じて、金貸しをしていることにほかなりません。預金者から集めた小口の預金をプールすることによって、銀行は大口の貸し付けを行い、その結果得た利息の一部を預金者への利子として分配しているわけです。「利子」生活者とは、銀行を仲立ちとしていたとしても、原理的には金貸しをして生計を立てているわけで、『こゝろ』の先生は、高利貸になった『金色夜叉』の間貫一と同じ位置にいるのです。国家と金融機関が間に入ることによって、あからさまな金貸し行為が隠蔽されているにすぎないのです。

そして「思ひも寄らない境遇に陥し入れた」という言葉の意味を、あのKの自殺までを含むものとするなら、父親の遺産としての土地を売った金を、銀行に預けておくことによって生み出される「利子」の微妙な金額こそが、先生の運命を決定したことが見えてくるのです。

微妙な額とは、先生が学生として生活していくうえで「それから出る利子の半分も使へませんでした」と告白していることにかかわっています。先生一人が暮していくうえで「半分も使へ」ないのだとしたら、明らかにもう一人、元金を崩さず「利子」だけを使うことで生活できるのです。「利子」で二人が生活でき、それでも少し余る位の額だったということになります。

先生がお嬢さんと自分を近づけつつ監視する奥さんの態度を、自分がもっている金銭めあてではないかと疑い、「他(ひと)の手に乗るのは何よりも業腹(ごうはら)でした」と、当初の段階で結婚の申し込みをためらったのも、このためです。そしてなによりも、学業成績においては、決して追い着くことのできなかった中学時代からのライバルKの、経済的困窮を理由に、同じ下宿に招き入れ、彼に内緒で下宿代を肩代りしようとする意図が生まれたのも、「利子」で二人が生活できたからだ、ということになります。

先生は、親の財産を金銭に換えた「利子」で、Kの生活を、いやK自身を買い、自分の所有物にしたかったのだという解釈も可能です。自らの学問や人格的内実でKに勝つのではなく、金力で優位性を保持しようとしたのが先生だ、ということにもなります。

もちろん、Kの自殺後、社会的な地位を一切拒否し、仕事もしないでかつてのお嬢さんを妻にして生活してこられたのも、二人が生活できる「利子」の力にほかなりません。その先生が自殺したあと、その遺産を誰が相続するのかという物語が、必然的に『こゝろ』の後日談として残りつづけることも、忘れてはならないでしょう。

金力と家族

『行人』という小説は、貴族院議員とも交際のあるような、高級官僚であった父の代から、大学教授である一郎の代へ、経済的主体が代がわりすることによって、使用人を多くかかえていた大家族としての長野家から、一人また二人と去っていき、両親が死ねば、一郎と直とその娘だけの核家族になっていくという、物語の枠組をもっています。そうした中で、一郎は妻である直の魂をつかむことができずに悩み、二郎に直の「節操」を試させようとするのです。一家を支えている経済的規模の縮小がその人間関係をも変えていってしまうことが描かれています。

『明暗』の津田由雄は、大学出の三〇歳の会社員ですが、学生時代は貧乏な文筆業を営む叔父の藤井の家から大学に通っていました。津田の父は官吏で広島や長崎方面を転々とし、一〇年前に実業界に入り、引退後京都で妻と二人で暮しています。そして津田は、裕福な叔父岡本のもとで育てられたお延と結婚します。結婚するまでの生活条件の違いを気にした津田は、自分の給料だけでは、お延が満足する結婚生活を維持していくことが不可能なので、父親から不足分を仕送りしてもらっているのです。しかも、父親は親子の間でも借金は借金だとして、「盆暮」の「賞与」、つまりボーナス時の返却をきちっと求めてきていたのです。

津田にはお延との結婚前に恋愛関係にあった清子という女性がいました。この清子からの手紙を焼いているところを、お延にみとがめられます。津田は同じ頃、「盆」の賞与で「立派な指輪」をお延に買い与えます。結果として、父への返済ができなくなり、津田と父との契約の仲立ちをした、妹の夫の堀のところへ催促が来て、妹のお秀が津田とお延を責めたてる、というきわめてせちがらい関係が、物語の導入部となっています。お延の方は、津田から父が裕福だからお金を送ってくるのだと聞かされていますから、お秀の怒りがうまくのみ込めません。そこからお延は、津田の過去に疑いを抱きはじめ、妻と夫が対等に言葉を交わし合いながら、むしろ女である妻の方が夫を追いつめていく、いままでの小説とはまったく違った、女性の登場人物が男性の過去を明らかにしていく世界として、『明暗』という小説は展開していくことになるわけです。

もはや、主人公には何ら特権的な条件は与えられていません。会社員やサラリーマンとしてしか生活していくことのできない津田は、公の社会的な関係性の中でその身を拘束されるだけでなく、私的な関係性の中でも上司の妻である吉川夫人に操られているのです。金力は人々の日常生活の細部にまで浸透した権力となって、その身を縛るものになっています。

命がけの跳躍

それにしても、漱石の書いた小説の中で、『道草』ほど、金銭と人間関係をめぐる言説の多いものはないと思われます。そのことはまた『道草』が、唯一の自伝的な小説であるということとも深くかかわっています。『道草』に描かれている日々は、明らかに最初の小説『吾輩は猫である』を書きはじめる頃まで、つまりは、自らの言葉を、商品として、金銭に交換しはじめる、しばらく前の頃からのことです。

「中流以下の活計」(一)、「機嫌買(かい)」(二)、「守銭奴」(三)、「御金が出来たら」(四)、「やつぱり若干(いくら)かになるだらう」(五)、「月々の取高(とりだか)」「月々遣(や)る小遣(こづかい)」(六)、「御金はありませんが、品物で好(よ)ければ、御鍋でも御釜でも持つてつて下さい」(七)、「彼の時間はそんな事に使用するには余りに高価すぎた」(八)、「活力の大部分を挙げて自分の職業に使ふ」(九)、「下女が買つてくる」(十)といった具合に、比喩的な言い方までを含めるとそれこそ毎章ごとに金銭にかかわる言葉がちりばめられていることがわかります。

『道草』の主要なストーリーは、突然あらわれた養父島田が、次第に金の無心をし、それを断ち切るために、かつて養子先から実家へ復籍する際に健三が書いた「反故同然(ほごどうぜん)」の「書付」を、健三が「百円」で買う、というものです。大学の教師として、月給百二、三十円を貰っている健三が、「書付」を買う臨時収入を得たのは、「あゝ、あゝ」と「獣(けだもの)と同じやうな声を揚げ」て書き終えた、大学の仕事以外の「書いたもの」を「金に換へる」ことによってです。蓮實重彦さんが明らかにしたように「健三にとってはほとんど不条理に近い交換が」、「彼に講義ノートの準備とは異質の執筆行為がもたらす有利な交換の可能性に目覚めさせた」(「修辞と利廻り――『道草』論のためのノート――」『別冊國文學　夏目漱石事典』一九九〇・七)のです。

『道草』は、言葉が商品になる瞬間の不気味さをみごとにとらえています。マルクスは商品を売ることを「Salto mortale」、一般的な意味としては「とんぼ返り」、原義は「命がけの跳躍」にたとえました。商品を売る際に、売り手がつける値段はきわめて主観的なものでしかありません。その値段が買い手の側の需要と財布の中にある金額とみあうかどうかはまったくわかりません。もし高すぎれば売れませんし、低すぎれば損をしてしまいます。「書付」の言葉と「執筆行為がもたらす」言葉の価格設定が同時に問題にされているのです。

「書付」の売り手の島田は、当初「反故同然」の「書付」に「三百円」の値段をつけていたようですが、島田の代理人は、「書付」を売り付けに来た段階で、まず健三に値を言わせ、健三が「百円位なものですね」と言うと「三百円位にして」ほしいと言うのです。つまり、商品になるかならないかもわからない「反故同然」の「書付」に対して、まず買い手の健三の方が値をつけてしまうことによって、それが商品化し、次の段階で売り手の側が売り値を言う、という転倒がおきているわけです。

売り値も買い値も、市場の中における需要と供給の関係できまります。「反故同然」の「書付」に、市場などは存在しません。つまりここでは、まったく無根拠な形で、市場と、商品と、売り手と買い手が、一気に同時に現象してしまっているのです。

養父との間における過去の親子の情愛、親子の関係、養育の恩と義理、そういった形にならない、いまは存在していない諸関係が、健三に対する心理的な抑圧となり、「反故同然」の「書付」を商品として売り買いするような市場が形成され、島田が売り手となり健三が買い手となり、「書付」が「百円」の商品となってしまったのです。

つまりあらかじめ需要があってそこに商品が供給されて、価格が決定されるといった因果論とは無縁な、不条理で無根拠な言葉で書かれた「商品」の生成が物語られているのです。そして実は、健三の「書いたもの」、つまりは漱石が書いている小説につけられる値段も、同じように不条理で無根拠であることが、先の交換過程からは明らかになってくるのです。ここに、かつて千円札に肖像を印刷されていた小説家夏目漱石の確かな認識を、私は見たいと思っています。

第七章　漱石の女と男

藤尾の死

朝日新聞入社第一作として発表された『虞美人草』の女主人公甲野藤尾は、この小説の末尾で理由が明確にならない死をとげることになります。藤尾の死は、小説の内部の論理としては、ほとんど必然性はありません。しかし、作者漱石は、執筆の途中で、周囲の人たちに、藤尾が死なねばならない女であることを予告しています。では、いったいなぜ藤尾は小説の中で殺されなければならなかったのでしょうか。

『明暗』の結末を、小説そのものを書き継ぐ形で提示した『続明暗』の作者水村美苗さんは、藤尾を殺した犯人を、彼女を描写する「漢文学的」な「美文」だったと特定しています（「『男と男』と『男と女』——藤尾の死——」『批評空間』一九九二・七）。

つまり漱石は、「漢文学的」な「男と男」の友情の世界、対等で相互にコミュニケーションが可能な対称的な世界を趣味（テイスト）としては好んでいた。それが甲野さんと宗近君の世界です。そして、「男と女」の非対称な恋愛の世界を、「英文学的なもの」として嫌悪した。これが冒頭で英語を勉強している藤尾と小野さんの世界です。この二つの世界を、一つの小説の中でぶつけてしまったことによって、藤尾の死はもたらされたということになります。

水村さんの明らかにするところから言えば、「漢文学的な」「美文」が描き出そうとする藤尾の悪女性は、ただ一つ、彼女が自分の結婚相手を自分で選ぼうとしたところにあります。自分の父親と宗近の父親とが決めた結婚の約束をなかったこととして、自分自身で結婚の相手を選ぼうとしていたところに、偶然小野さんがあらわれただけなのです。

一人の近代的な女性としては、藤尾の実践しようとしていたことは、きわめて当然なことです。父親の言いなりになって結婚するのではなく、結婚の相手は自分で決める。それが「美文」によってあたかも悪であるかのように描き出され、「道義」に反する行いであるかのように、周りの男たち、具体的には父の代行者である兄甲野さんと、父が決めた結婚相手の宗近君から罵られることになったのです。

男の基準／女の基準

ではなぜ、女が結婚相手を自分で選ぶことが、それほど嫌悪すべきことになるのでしょうか。それは一言で言えば、「男と男」の関係、男同士で形成する社会の安定した価値の体系に亀裂をはしらせ、それを解体させてしまうからにほかなりません。

男だけでつくっているホモソーシャル(単一性社会的)な関係の中では、その構成員に共有されたお互いの同一性を規定しあう価値観が、一つのシステムとして機能しています。甲野さんと宗近君との間で言えば、二人とも東京帝国大学を卒業していますから、大学という学歴エリート男性たちのホモソーシャルな関係の中で、それぞれがどういう位置にあるのかをよく理解しています。もちろん、小野さんもその関係性の中に含まれています。

甲野さんが哲学的思考に傾き、宗近君が楽天的な実際主義者であり、小野さんが屈折した文学的発想の持ち主であるといったようなことは、それぞれの人間を、大学の中の学問体系や、それに附着した情緒性で分類したことによって見えてくるわけです。ある特定の安定した枠組を、生身の人間にあてはめてみて、その枠組の範囲であらわれてくる差異によって、それぞれの特性が位置づけられていくのですから、その枠組の中においては、十分了解可能な分類と差異化になります。

しかし、藤尾という女性が、自分の結婚相手としての男を選ぶ基準は、こうした男たちが共有している価値体系とはまったく異質です。というよりも、『虞美人草』という小説の中では、藤尾の価値基準は一切明示されていません。逆に明示できないからこそ、彼女は不可解な他者性を強く喚起する小説内存在になっているのです。

藤尾の母も、甲野や小説の語り手からみると「謎の女」というふうに位置づけられています。ただ彼女の場合は、死んだ夫、甲野の父親の残した遺産を、血のつながっている娘につがせようとしている意図を、甲野も語り手も認識しているので、遺産相続目当てという、男にも理解可能な利害関係の中に位置づけられています。

これは『吾輩は猫である』の中で、苦沙弥先生の妻や姪の雪江が、夫や叔父の命を金銭に換算する保険の話をしている件や、『野分』の道也の妻が生活費のことだけにしか関心がないように描かれていること、あるいは、商業学校に通い実業家になることをめざしている『坊っちゃん』の兄が、坊っちゃんから「女」のような性格だと思われていることに共通しています。

つまり、金銭にこだわること、金銭的な利害関係を第一義とすることは、初期漱石の小説の中では〈女性性〉として位置づけられているということです。金銭にとらわれず学問や文学に同一化している男が、かつての江戸幕藩制社会における士族階級のように位置づけられ、女たちは金勘定にさとい商人階級であるかのように描かれているわけです。

しかし『虞美人草』の藤尾は、父の「金時計」には執着をみせているものの、遺産や金銭的利害にはあまり関心をよせてはいないようなのです。むしろ彼女が「詩」の女として位置づけられ、文学と同一化させられていることによって、彼女の中には、あたかも独自の価値体系があるかのような設定となり、結果として甲野さんや宗近君の論理と、拮抗し対峙するような小説内存在になっていったのです。

男を選ぶ女

たとえ具体的な価値基準が不明確であっても、恋愛や結婚の相手を、男にとっては他者である女が、自らの独自の基準で選んでしまうことは、男のあずかり知ることのない価値体系が存在することを小説世界の中に持ち込むことになります。実践的には、この時期の新しい女たちの価値意識を理念としてつかみとれていなかったがゆえに、漱石は、わけのわからない女として藤尾を描かざるをえなかったわけです。

逆にそうであったがゆえに、男の側からは計り知ることのできない他者性を、藤尾という固有名の周囲にはりめぐらせることになったのです。わけのわからなさこそが他者性であり、そうであればこそ当初作者漱石が想定していた物語の整合性のために、実際の物語の中では、きわめて不自然な死を藤尾は死ぬしかなかったのでしょう。

男には理解できない基準で、男が女に選ばれることほど、男にとって恐ろしいことはありません。価値基準が違う以上、相手に気に入られるよう努力することもできないわけですし、自分の行為や言動にどういう判断を下されてもしかたがないわけです。いわば一瞬先は闇でしかないような関係性を生きるしかなくなります。

男同士で認定しあえるような枠組の中であれば、自分がどの程度の社会的・文化的な位置にあるかを、あらかじめ自分で測定しながら生きていくことができますが、それがわからない場合、自分が何者なのか、どこから来てどこに行くのかもわからなくなります。『夢十夜』の第一夜に出てくる「女」には、そういう畏怖が刻まれているのかもしれません。「百年」待ってくれたら甦ると言われても、約束どおり甦るか否かは、相手が決めることですから、男の側はなすすべもなく、ただ待つしかないわけです。

　作品世界内部の女が、誰にも共有されない自己自身の価値基準で男を選ぶことを、恋愛や結婚の前提にすえたことによって、漱石の世界における女たちは、男たちに対して明確な他者性をもって生きはじめるようになるのです。その意味で彼女たちは、男の観念の中で創られた〈女性性〉や〈女らしさ〉を脱ぎ捨て、男の欲望の中における「女」を生きることを止め、あたかも男と対等であるかのような幻惑を、小説世界の中で生成しはじめることになります。藤尾の死は、男の側の自明性に枠づけられた「女」の死であり、漱石的「女」の誕生にとって、不可欠な儀式だったのかもしれません。

他者としての自己

『虞美人草』に関しては、作者自身も矛盾を感じていたようです。「男と女」の世界がうまく書けなかった漱石は、次には、女二人から逃げてきた青年を主人公として、男だけの関係性に限定した『坑夫』を執筆します。他者としての女は排除されているのですが、『坑夫』では主人公である語り手自身が、回想をしている現在の自分と、回想されている過去の自分との間に他者性を感じています。

　決して一つの性格になどまとまらないような、瞬時に変わってしまう意識の運動を、『坑夫』では徹底してつきつめることになってしまったのです。ある一定の枠組の中で、自分の在り方を測定することができず、回想時からふりかえれば信じられないような行動を過去の自分はとっていたことに、語り手は繰り返し気づかされていきます。しかし過去の自分に即してみると、それなりの論理的なつながりはあるのです。しかしそうしたつながりも、実は偶然に支配された形でたまたまあらわれただけで、それが本当に自分のしたかった行動かどうかはまったくわからない。こうした自己を判断する枠組の複数性だけではなく、判断される側の自己の複数性をも問題にすることによって、『坑夫』はきわめて分裂した言説になっていきます。

意識の表層にあらわれてくるのは、無意識の領域に同時に存在している多様な可能性の一つのレヴェルだけで、次の瞬間、まったく異質なレヴェルが浮かびあがってくる可能性が十分にあるわけです。自分の意識それ自体の動き方に対して、一瞬先はどうなるかわからないという位置から、主人公でもある語り手は読者に対する報告をつづけます。

二人の女に同時に選ばれてしまった男は、自分というものを、どう選んでいいかわからない混乱を生きることになってしまったのです。

女性嫌悪のディスクール

『坑夫』の主人公のように極端ではないにしても、漱石の初期小説には、女性をあたかも嫌悪しているかのように排除しようとする傾向があります。

『二百十日』は、男同士の友人二人の阿蘇山登山の記で、同じモチーフは場所は京都になりますが、『虞美人草』冒頭の甲野と宗近の関係に引き継がれています。『坊っちゃん』も、うらなりからマドンナを奪おうとする赤シャツに対して、坊っちゃんと山嵐、江戸と会津の二人組が「天誅（てんちゅう）」を下すことがクライマックスになっています。

中でも最も典型的なのは、『吾輩は猫である』の第一一回で、苦沙弥が、一六世紀のイギリスの作家トーマス・ナッシの引用をしながら、「妻は友情の敵でないならばなんであるのか」という読めないラテン語からはじめて、ギリシアの哲人たちの、女性嫌悪の言説をあげつらうところです。既婚者なのに女性嫌悪の言説を展開する苦沙弥に対して、独身者で美学者の迷亭は、「結婚」不可能論と独身主義について演説します。

人間は個性の動物である。個性を滅すれば人間を滅すると同結果に陥る。苟（いやしく）も人間の意義を完（まった）からしめん為には、如何（いか）なる価（あたい）を払ふとも構はないから此（この）個性を保持すると同時に発達せしめなければならん。かの陋習（ろうしゅう）に縛せられて、いや〳〵ながら結婚を執行するのは人間自然の傾向に反した蛮風（ばんぷう）であつて、個性の発達せざる蒙昧（もうまい）の時代はいざ知らず、文明の今日猶此弊竇（なおこのへいとう）に陥つて恬（てん）として顧みないのは甚しき謬見（びゅうけん）である。開化の高潮度に達せる今代（きんだい）に於て二個の個性が普通以上に親密の程度を以て連結され得べき理由のあるべき筈がない。

迷亭は、「結婚」の弊害を論じるにあたって、当然使用されてしかるべき、「女」や「男」といった性差の言説を用いていません。ここで問題にされているのは、「人間」であり、その「個性」です。「女」と「男」とあるべきところを、「二個の個性」としてまったく対等に置いています。そして「女」も「男」も同じように「個性」を「発達」させた「文明の今日」の「開化の高潮度」において、その「二個の個性」が矛盾なく「連結」されるとは考えられないという論理です。

迷亭の演説は、苦沙弥の引用した「女性嫌悪」の言説の盲点をみごとに暴いています。ギリシアの哲人たちが、男性同士の「友情」をはじめとして、男性だけの関係をつくった社会では、男性だけが市民すなわち「人間」であり、女性は「人間」として認知されていませんでした。しかし、一つの社会を維持していくためには、生殖が不可欠ですから、女性を完全に排除するわけにはいきません。そこで「結婚」という形態をとりながら、男性関係で成り立っている社会を維持するために、奴隷を売り買いするように、女性の交換と流通を行い、それを支えようとしたわけです。女性を同じ「人間」と認知し、その「個性」を認めた瞬間、こうした男性同士の関係で成り立っている社会は崩壊することになるわけです。

すでにおわかりのように、苦沙弥のところに集まってくる男性知識人、「太平の逸民」たちの在り方は、いま述べたギリシアの哲人たちの関係の大幅に縮小されたパロディになっているわけです。迷亭の演説は、そこにつきささってくるわけです。「個性」をもった男性たちの競争と闘いによって成立しているのが父権制社会であるとすれば、男性たちの共倒れをふせぐために、「個性」を奪われた女性が機能させられているということになります。

苦沙弥と迷亭の論争を先鋭化しながらつきつめていくと、たとえば次のような議論とも重なってきます。

父権制下における異性愛は、真の異性愛ではなく、異性愛は、いまだ到来していないのである。同性愛的欲望を異性愛者の身振りで糊塗しつつ同時に同性愛的欲望を維持するためには、女性を愛するどころか女性嫌悪が要請されざるをえなかった。もし同性愛的欲望が認知され差別的感情から解放されたならば、女性を同性愛的欲望の糊塗のために利用する必要もなくなるだろう。したがって、逆説的ながら、もし異性愛が到来するなら、それは同性愛が差別され嫌悪されることなく到来するときなのである。そして、さらに逆説的ながら、異性愛の到来とともに同性愛も到来するなら、そのときは、すでに曖昧になりかけていながらも厳密に維持されてきた異性愛／同性愛の区分そのものが消滅するはずである――curiouser and curiouser.

（大橋洋一「ホモフォビアの風景」『文学』一九九五・冬号）

これは、父権制社会が「同性愛恐怖（ホモフォビア）」と「女性嫌悪（ミソジニー）」という矛盾した論理に支えられているとした、I・K・セジウィックの『男たちの間で』（一九八五）の議論を、大橋さんが展開させたものですが、『坑夫』の後の漱石の小説世界は、既存の性差の概念をゆさぶる形で、異性愛的関係と同性愛的関係を交錯させていきます。あるいは、通常隠蔽されているはずの「同性愛恐怖」と「女性嫌悪」の二重の葛藤が、漱石の小説では、作中人物の相互関係の中で、常に露呈されてしまう、といってよいかと思います。

「迷子」と「乞食」

『三四郎』では、野々宮宗八と小川三四郎という同郷者である男たちが、里見美禰子をめぐって競争をしますが、学問の世界での男同士の競争とはまったく別な領域に存在する、「髯のない男」に美禰子は奪われていくことになり、野々宮と三四郎の競争と対立は顕在化しません。この背後では、東京帝国大学のポストをめぐって、広田先生と洋行帰りの男との競争が演じられ、与次郎がそれに関与し、広田先生を支援する文章をめぐって与次郎と三四郎がまちがえられてしまいます。その中で、広田先生の家に出入りする美禰子のことがゴシップで流されます。その意味で美禰子は、本郷文化圏における男たちの競争の犠牲になったともいえるのです。

三四郎が美禰子とはじめて二人だけで歩きながら話をするのは、団子坂の観菊に出かけ、広田先生、野々宮さん、よし子たちと離れてしまったときです。三四郎の姓でもある小川のほとりに腰かけながら、美禰子は自分のことを「御貰をしない乞食なんだから」と自己規定し、さらに「大きな迷子ですもの」とも言います。そして広田先生や野々宮さんが心配して探しているのではないかという三四郎に対して、「責任を逃れたがる人だから、丁度好いでせう」と答えたうえで、突然「迷子の英訳を知つて入らしつて」と問いかけ、「迷へる子――解つて?」という謎めいた言葉を口にします。

三四郎は、この一連の言葉の含意を、ついに最後まで理解しないようなのですが、美禰子のおかれている状況を考えると、かなり暗示的であることがわかります。美禰子の両親は既に死んでいます。広田先生の友人であった長兄も亡くなっています。「里見」の家は野々宮さんと同級の次兄恭介が相続し、彼の結婚が近づいているのです。

美禰子は、早くに両親と死に別れ、親からはぐれてしまった「迷子」であるばかりでなく、帰るべき「里見」という父の名が冠せられた家をも失ってしまった「迷子」にほかなりません。通常、結婚した女が帰る生家、両親のいる実家を「里」と呼ぶことを考えるなら、「里見」という姓そのものが一つの象徴性をおびていることも明らかでしょう。

美禰子は、両親と兄の家、「里見」の家に代わる、もう一つの家、つまり結婚する嫁ぎ先の家を見つけない限り、「迷子」でありつづけるわけです。三四郎に三十円を渡す直前、「里見」の家で美禰子が「あなたは索引の附いてゐる人の心さへ中て見様となさらない」と宣告したのはそのことを伝えたかったからです。「大きな迷子ですもの」という、美禰子の言葉は、そうした彼女の現実を表象する「索引」であり、その言葉が、三四郎の姓と重なる「小川」の傍で発せられたことや、団子坂の観菊の案内の葉書が姓をはずした「美禰子」だけであったことも含めて、彼女の固有名それ自体が、やはり「索引」になっているのです。

美禰子が日露戦争後の「現実世界」を生きていくためには、結婚するしか方法がなかったのです。「汽車の女」がそうであったように、男の職業がもたらす経済的支えなしに、自立しうる職業が社会的に与えられていなかった「女」たちは、単独では生きていけなかったのです。もう一人の「汽車の女」、野々宮の大久保の家のそばで、汽車によって「轢死」する女からは、この時期の女の自殺の多くが、夫を失うことによる経済的な行きづまりを原因としていた現実が透視されていきます。

たとえ美禰子が野々宮を愛していたとしても、彼が妹よし子との兄妹関係を清算しない限り、つまりは、よし子を誰か別の男と結婚させない限り、野々宮と美禰子の結婚の経済的可能性はありません。当時の中上流階級の妹たちが、とりあえず自らの判断で選択できる身近な結婚相手としての男は、兄の友人位しかいません。しかし、美禰子の長兄の友人広田先生も、次兄の友人野々宮も「責任を逃れたがる人」たちだと、彼女は言っています。「何時迄待てゐても」「動く様で、なか〳〵動」かない男たちを、自らの経済的生活を成り立たせる手段として、じっとあてもなく待ちつづける女の在り方は、まさに「御貰をしない乞食」にほかならないのです。

野々宮は、男である年上の友人広田先生の経済状況を心配して、金を貸しても、自らの結婚相手になるかもしれない美禰子の現実は見えていませんでした。また三四郎は、美禰子をめぐって野々宮に対しては嫉妬をしても、彼女自身の言葉に刻まれた、現実的な訴えを理解しようとはしなかったのです。本郷文化圏のホモソーシャルな関係こそが、美禰子を「迷子」にし「乞食」にしたのですし、彼女はそうした文化圏の外の男を、自ら結婚相手として選んでしまうのです。しかも、本郷文化圏の男たちは、美禰子に「イブセンの女」といった、「退化」論の枠組におけるレッテルをはりつけ、一種の嫌悪を露呈させてもいたのでした。

男同士の黙契

『それから』の代助は、三年前、三千代が兄と母を同時に腸チフスで失い、父親も破産同然となったとき、平岡と彼女の「結婚」の仲立ちをつとめます。いわば自ら競争を回避し、三千代を平岡に譲ることで、その顕在化を防ぐのですが、平岡の帰京後、三千代の生活を支える金銭をめぐる競争に勝った段階で、代助は三千代に自分の思いを告白します。その直後、平岡と結婚したときのことを想起した瞬間に、三千代は代助に「何故(なぜ)棄てゝ仕舞ったんです」と涙にむせびながら問いかけます。代助は、その問いに明確に答えることができませんでした。

三千代が平岡と結婚する半年前に、代助や平岡の共通の友人であった三千代の兄菅沼が腸チフスで死んでしまいます。東京に遊びに来た菅沼の母のかかった病気がうつった結果です。つまり三年前の春、三千代は母親と兄を一度に失ったのです。しかも、そのとき三千代の父は、日露戦争中の「株」取引きで失敗し、故郷の土地を売り払い、北海道へ行かざるをえないような状況だったのです。

このときの三千代は、母と兄という肉親を一度に失ったばかりか、戻るべき家とそれを支えるはずの父の経済基盤をも失ってしまったことになります。誰か別な男と結婚することによってしか、彼女は生きていくことができない状況に追い込まれていたわけです。ですから、それまで三千代の「アービター・エレガンシアルム」(趣味の審判者)の役割を兄菅沼から依頼され親しくつきあっていた、代助の勧めに従って、平岡と結婚せざるをえなかったのは、それしか生きていく術がなかったからです。

再会した三千代に対して愛情を感じはじめ、その気持ちを彼女に告白した代助は、ついに夫である平岡にも、自分の思いを告白します。そのとき代助は、平岡が好きになる以前から、自分は三千代を愛していたのだ、と言います。しかし、この言葉には、決定的な欺瞞が含まれています。

もしそうであるなら、なぜ三年前、代助は自ら三千代と結婚しなかったのでしょうか。代助の心の中の言いわけとしては、菅沼が自分に執拗に「アービター・エレガンシアルム」であれと言ったのは、三千代との性的な関係につながるような、それ以上の関わりをするなという、禁止の意味であるという解釈をしていたからだ、ということがあるようなのですが、それも自己欺瞞です。兄の考えを類推する以前に、三千代本人の意志を確認すべきだったのです。それを代助がしなかったことは、先の三千代の問いかけからも明らかですし、当然それまでも自らの思いを打ち明けることすらしていないのです。

つまり代助は、三千代の兄菅沼との、男同士の黙契を守るために、三千代と平岡との「結婚」を仲立ちしたのです。黙契といっても、三千代に近づいてはいけないという菅沼のメッセージは、あくまでも代助の思い込みと類推にすぎません。たしかに跡取りの兄も死に、母も死に、株で破産した父親をもつ三千代との結婚を、土地付きの娘との政略結婚をねらう代助の父が許すはずはありません。菅沼と友人であった当時、代助は二五から二八の間ですから、当然父の許しがなければ「結婚」はできません。

しかも学生時代から女を買っていた代助を、菅沼が妹の結婚相手として認めず、一定の距離をおかせようとした、という推測には十分現実性はありますが、三千代本人の思いを無視する理由にはなりません。さらに代助には、親との関係を断ち切っても三千代と「結婚」し、自力で稼いで生活していくという選択肢もあったわけですから、三年前の時点では、そうすることを回避したということになります。また、そうであればこそ、三千代本人の気持ちをたしかめなかったということになれば、代助はかなり残酷な仕打ちをしたことになりますし、三千代に今、「何故棄てゝ仕舞つたんです」と問いつめられてもしかたがないのです。

代助は明らかに、友人である菅沼兄との男同士の暗黙の了解の中で、三千代を切り捨てていたわけですし、平岡との友情に亀裂が入らないように、さらには、父や兄との関係をもうまくつなげていくために、三千代を棄てたということになるのです。銀行員という男同士の社会の中で敗北者となった平岡から、三千代を奪おうとした代助は、逆に、親がかりの「高等遊民」の生活を捨て、職を探すという形で、あらためて男同士の競争社会の中に入っていくしかないのです。

罪としての異性愛

『門』においては、御米をめぐる安井と宗助の競争は、小説のはじまる時間のはるか以前に終了しています。安井は、日本内部の男同士の社会には参入せず満州で活動し、宗助は、御米とのスキャンダルで大学を退学することによって、男同士の社会における不利な位置を強いられつづけてきたわけです。御米の罪意識は、安井と宗助の間で発生していたはずの「女性嫌悪」を自ら内面化してしまったものだともいえます。

けれども、御米と宗助の心が、本人たちにも自覚されない乖離をしてしまう理由の一つに、一旦は男同士のホモソーシャルな立身出世の世界から、退学によってドロップアウトしたはずの宗助が、官吏としてのわずかな昇進、給料の値上りに期待するようになり、さらには、自分より一〇歳上の借家の家主、坂井の生活に対する羨望を抱き、不用意に御米にむかって、子どものいる生活への羨ましさを口にしてしまったことがあげられます。微細な生活の襞に隠れたような事がらですが、御米との異性愛を否定するような、同性社会での地位の上昇、男同士の競争の原理に宗助がからめとられていくことによって、御米はヒステリーに追いつめられていくのです。

また、宗助の弟小六が同居しはじめ、御米と結婚した自分に対して批判的な態度をとることも、別な意味で、男同士の論理を宗助の意識の中で強化することにつながっています。そのことが、宗助の心の中における安井の影に対するおびえを強めていくのです。

宗助が男社会での競争についての思いを抱きうるのは、仕事をもって日々役所に出ていくという、社会的な生活がとりあえずは与えられているからです。それに対して御米の居場所は崖下の家の中にしかありません。しかも小六が同居することによって、彼女の部屋が奪われてしまいます。知りあいも身よりもない御米にとって、依拠できるのは、これまでの宗助とのヘテロ・セクシュアルな二者関係しかありません。二人の過去の記憶は連続的な子どもの死によって塗りこめられています。当時の常識的な結婚観からすれば、宗助との異性愛の証しとしての子どもが、御米には与えられず、彼との関係性が否定されているということになります。そのことを易者の言葉によって、安井を裏切った罪ゆえの、自分の逃れられぬ運命だと感じてしまうことによって、御米はさらに追いつめられていくのです。

かけがえのない存在

『彼岸過迄』の須永市蔵は、千代子をめぐる洋行帰りの高木との争いに自ら敗北したと認め、就職をせずに親の遺産で生活するという進路を選んでしまいます。

高木に嫉妬をした須永に対して千代子は、「貴方は卑怯だ」と真向から批判します。なにをもって千代子が須永のことを「卑怯だ」と断じたかについては、明示的には書かれていません。けれども、須永がわざわざ敬太郎に、高木をめぐる事件を告白した中で、引用された千代子の言葉であると考えるなら、少なくとも須永がこの言葉を重く受けとめて記憶していたということが明確になってくるのです。

須永がこの告白を敬太郎に行うのは、千代子が二人に「雨の降る日」の話をした一週間後の日曜日です。そこで語られたのは、千代子が食事の世話をしたときに、突然死んでしまった、松本の末娘宵子(よいこ)の話です(この部分は漱石の五女ひな子の死をモデルにしており、その頃の日記からの引用も多く使われています)。宵子が死に至るまでの話は、通夜のときに、千代子が親類の人々に何度もした話で、須永もすでに聞いたことがあるのですが、その後の葬式をめぐる話は、その日はじめて千代子の口をついて出たものです。

宵子の葬式を済ませて帰宅したときの、松本家での会話で、千代子の話は、いや千代子の一人称の語りを三人称化した「雨の降る日」という章は、突然終ります。


「生きてる内は夫程(それほど)にも思はないが、逝(ゆ)かれて見ると一番惜しい様だね。此所(ここ)にゐる連中のうちで誰か代りになれば可(い)いと思ふ位だ」と松本が云つた。

「非道(ひど)いわね」と重子が咲子に耳語(ささや)いた。

「叔母さん又奮発して、宵子さんと瓜二つの様な子を拵(こしら)えて頂戴。可愛がつて上げるから」

「宵子と同じ子ぢや不可ないでせう、宵子でなくつちや。御茶碗や帽子と違つて代りが出来たつて、亡くしたのを忘れる訳にや行(ゆ)かないんだから」

「己(おれ)は雨の降る日に紹介状を持つて会ひに来る男が厭になつた」(傍点引用者)

もとより、末尾の松本の科白(せりふ)は、この章の題名にもなっているところの、なぜ「雨の降る日」に訪問者に会わないのか、という敬太郎の質問に答えて、千代子が紹介したものです。問題なのは、その直前の千代子の叔母にむけた言葉と、それに対する叔母の返事が引用紹介された理由なのです。

善意でなぐさめようとする気持ちからの言葉ではありますが、千代子の言った「瓜二つの様な子」という言い方は、この世でたった一人の、他の誰ともかけかえることのできない宵子を、交換可能なものとして扱ってしまっています。それを叔母からたしなめられたことを、千代子は敬太郎にも須永にも、そのままの言葉を引用するように語ったのです。

この部分が須永に対する批判になっていたわけです。嫉妬をするということは、かけがえのないたった一人の自分と嫉妬の相手とを、同一基準で比較し、優劣を意識することにほかなりません。嫉妬する須永の側が思い込んだ基準で、高木が比較されるばかりでなく、その基準で千代子が「結婚」相手を選ぶかのような文脈が成立しているわけです。それは、須永自身をおとしめているばかりでなく、高木も、そしてなにより千代子をも「侮辱」することになります。

なぜなら、須永は一般的な男性的価値のレヴェルで高木と自分を比較し(健康な身体や言葉のたくみさなど)、勝手に自分の方が劣っていると判断し、屈折して一人鎌倉の別荘から東京へ帰ってきてしまったわけですから、結果的に千代子の男性観を一般的で通俗的なものと見てしまったことにほかならないからです。そしてなによりも、かけがえのない自分自身において、千代子に自分の思いを告白し彼女の価値判断をあおぐことを避けているからこそ「卑怯」なのです。須永が自分を指して言う「恐れる男」とは、実は女に選ばれることを「恐れる男」のことになるわけです。

正体の知れない人

こうした中で『行人』の一郎が、ある特異点に位置することが見えてきます。男同士の競争をすることなく(もちろん潜在的には存在するのですが)、見合いで直と結婚した一郎は、それから数年経た後に、あえて弟の二郎を競争者と自ら決め込み、結婚後に、女をめぐる男同士の競争を家庭の内部で顕在化させようとしてしまうのです。それはとりもなおさず、結婚という制度の中で、自分と直との間に、異性愛が存在しうるのかどうかを問いつめていくことにほかなりません。

直との間に愛の確証を見出せない一郎は、あたかも同性愛的な関係を肯定するかのように、友人のHさんと旅に出ます。私たち読者が知りうるのは、一郎を必死で受け入れようとするHさんの、二郎宛の手紙の文面からの出来事でしかありませんが、そこに「愛」をめぐる性差が消失する、一つの在り方を確認することができるかもしれません。

なぜなら、一郎の妻直も、和歌の浦の嵐の中で、「大水に攫はれるとか、雷火に打たれるとか、猛烈で一息な死に方がしたいんですもの」と、「死ぬ事丈は何うしたつて心の中で忘れた日はありやしないわ」と、二郎に告白しているからです。このとき二郎は嫂に対して、「正体の知れない」他者性を強く感じています。常識的で一般的な枠組では、決して了解することのできない心の動き方を、女も男と同じようにもっていること、そうした単独的な在り方に触れてしまうことで、「女」と「男」という性差それ自体が消え、他者としての直それ自身と二郎は出会ってしまっているのです。そのことはまた、「女の心」が「解るかい」という形で二郎に問いかけ、直の貞操を試させようとした兄一郎への強い批判にもなっていきます。なぜなら、直は「女」一般ではなく、この世にただ一人しか存在しないほかならぬ直という人間だからです。

共倒れする男たち

このようにして見るならば『こゝろ』における、お嬢さんをめぐるKと先生の三角関係が、「同性愛恐怖」と「女性嫌悪」が最もあからさまに葛藤し交錯する世界であることは明らかでしょう。学校、とりわけ高等教育というホモソーシャルな場で、先生はKと一貫して張り合おうとして負けつづけてきました。東京に出てきたときは、同郷者同士、新たな世界と拮抗するために、同志的な連帯感をもちながら同棲していたのです。

しかしKは、学問や宗教や哲学の面でも、家庭や家からの自立という点でも、大学に入ってからは、はるかに先生を追い越してしまい、先生の敗北が明らかになっていきます。そこで先生は、自分の手がとどかなくなりつつあるKを、無理矢理同じ下宿に金銭の力でひき入れ、お嬢さんとの恋愛の競争の中に巻き込んでしまったのです。結果としてKは自殺し、Kの「黒い影」におびえつづけた先生も自殺を決意することになります。Kの死が自らの「結婚」の前提にある以上、自らの妻に対する愛も、恐怖と嫌悪をひきおこすものにならざるをえなかったのです。その意味で『こゝろ』は、男同士が共倒れする物語であり、男同士の関係を女を使って安定させる父権制社会を崩す言説にもなっているわけです。

先生の遺書を受けとる「私」という青年には、先生との同性愛的な関係をどう受けとめ、この小説で唯一「静（しず）」という固有名を与えられた、一人生き残った女性と、どのような関係性をつくっていくかが問われているのです。

もちろん、その場合、沈黙を強いられつづけた「静」に、どのような言葉が与えられるのかということも当然問われてきます。男同士の相互了解の中で、あるいは死の吸引力の中で、「静」が生きていること自体が排除されてはならないはずです。

すれ違いつづける夫婦

『道草』は、漱石唯一の自伝的小説といわれています。たしかに、伝記的な事実と比較してみますと、ロンドン留学から帰国し、『吾輩は猫である』を書きはじめるあたりまでの数年間の出来事が素材になっています。けれども、必ずしも事実そのままに書いてあるわけではなく、数年間の出来事が、健三という主人公の妻の、三度目の妊娠から出産への期間に重ねられるように圧縮されています。

物語の縦軸には、突然健三の前に姿をあらわし、復縁をちらつかせながら金の無心をする養父とのやりとりがおかれ、そのことをめぐる健三の姉夫婦や兄との相談、大学教師をしている健三の日常生活や妻との関係が横軸となっています。

養父の登場によって、留学中途絶えていた身内との交際が復活し、それにつれて健三の意識に、幼少期の記憶が断片的に甦ってくることになります。すでに中年にさしかかり、三人目の子どもの親になろうとしている男の現在が、その男自身の子ども時代の在り方と照らしあわされていくあたりは、きわめて精神分析的な小説であるといってもいいでしょう。

健三の現在をめぐることがらとして、最も多く記述されているのは、すれ違いを重ねつづける妻御住（おすみ）との日常生活です。何気ない日常の細部から、結婚という制度の中における、夫と妻、男と女の間に生まれる深い溝を浮かびあがらせていく中で、特徴的なのは、健三の側の意識だけをとらえるのではなく、妻である御住の意識を、健三の認識や意味づけから、相対的に独立したものとして書いていることです。

『道草』までの小説では、登場人物である女性の内面を、直接読者に提示するような書き方を、漱石は選んできませんでした。男性である主人公にとって、女性たちは常に他者としてあらわれ、謎めいた言葉やしぐさを残し、解釈しきることのできない存在として位置づけられていましたし、読者にとっても同じような情報しか与えられませんでした。

しかし、『道草』では、夫である健三がこう考えていたのに対し、妻御住は別な考えをもっていた、ということが、ほぼ平等に、かつ対照的に地の文の書き手の側から書かれていくことになります。読者としては、健三と御住双方の考え方を同等の重さで比較しながら、夫婦の間で発生する微妙なずれについて読み解いていかなければならないことになります。その意味でも『道草』は、本格的に夫婦という関係性から、結婚という制度の現実にせまっていこうとした小説であることが明らかになります。

男としての父、男ではない夫

『道草』という小説が興味深いのは、健三と御住という夫婦が、決して常識的で自明化された、夫と妻、あるいは男と女としてとらえられるのではなく、それぞれが、自らの男性性と女性性を、独自な環境の中で育み、その結果として現在の生活におけるずれが生まれてきていることが、地の文の書き手の側ではかなり明確に意識されているところです。『道草』の後半部に、次のような記述があります。

> 健三の所へ嫁ぐ前の彼女は、自分の父と自分の弟と、それから官邸に出入する二三の男を知つてゐるぎりであつた。さうして其人々はみんな健三とは異つた意味で生きて行くものばかりであつた。男性に対する観念をその数人から抽象して健三の所へ持つて来た彼女は、全く予期と反対した一個の男を、彼女の夫に於て見出した。彼女は其何方かゞ正しくなければならないと思つた。無論彼女の眼には自分の父の方が正しい男の代表者の如くに見えた。彼女の考へは単純であつた。今に此夫が世間から教育されて、自分の父のやうに、型が変つて行くに違ないといふ確信を有つてゐた。
>
> 案に相違して健三は頑強であつた。同時に細君の膠着力も固かつた。二人は二人同志で軽蔑し合つた。自分の父を何かにつけて標準に置きたがる細君は、動ともすると心の中で夫に反抗した。健三は又自分を認めない細君を忌々しく感じた。（八十四章）

ここでは、夫婦のすれ違いの重要な要因の一つとして、結婚する前の御住が属していた家庭環境の中で形成された男性像と、現実の夫の男性性とが決定的に異なっていることがあげられています。

御住の父親は、有能な官僚であり、健三と娘の結婚が決まる頃は、「絹帽(シルクハット)にフロックコート」といういで立ちで、「勇ましく官邸の石門(せきもん)を出て行く」ような男でした(七二章)。「官邸」には西洋館に日本建築の一棟がついており、家族のほかに五人の下女と二人の書生を住まわせるような典型的な高級官僚の生活を送っていたのです。

また御住の父親は、上からの命令に対して受動的に従うタイプの官僚ではなく、かなり積極的に政治的中心と関わりをもとうとする男だったらしく、健三が外国に留学している間に内閣が変わった際には、「比較的安全な閑職からまた引張出(ひっぱりだ)されて劇(はげ)しく活動しなければならない或(ある)位置に就い」てさえいます。この内閣が短命だったために、健三が帰国する頃には、御住の父親は経済的な苦境に立たされてしまいます。また彼は、「ある大きな都会の市長の候補者」にもなったこともあるようです。

つまり御住は、政治の中枢に関与しているような父親と、その父親の「官邸に出入する」やはり政治に関わっている二、三人の男と、そのような環境の中で父親の跡継ぎとして育てられた弟をとおしてのみ、自らの男性像を形成してしまったことがわかってきます。健三とは、まったく異なる男たちしか、御住は知らなかったのです。

時代の中の男性性

明治という時代の歴史性を考えてみますと、御住の父親は、「立身出世」の実現が国家の政治的中心に関わることであるという、明治第一世代の理想を、ある時期までは体現していた男だったということになります。そのような父親とその周辺から「男性に対する観念」を「抽象」した御住にとって、毎日大学の講義を終えると書斎に閉じ籠もり、「蝿の頭」や「蟻の頭」ほどの小さな文字でノートを埋めつくし、金儲けにも無頓着な健三が、「男性」という枠組にはまらないのは当然のことだといえます。

まさに彼女にとって健三は、「全く予期と反対した一個の男」、あえていえばわけのわからない、「男」として認知できないような存在だったのです。

御住の期待は、健三が「世間から教育されて、自分の父のやうに、型が変つて行く」ことにあるわけですから、「頑強」に変わらない夫に対して、日々いら立ちをつのらせていくのもしかたのないことです。もし、彼女が、相手がどんな存在であれ、夫である以上、その価値観に従っていくという、「形式的な昔風の倫理観」(七一章)をもっていれば、問題はそう先鋭化しなかったはずです。

しかし、御住は、「宅(うち)にゐて比較的自由な空気を呼吸した」ために、「単に夫といふ名前が付いてゐるからと云ふ丈(だけ)の意味で、其人(そのひと)を尊敬しなくてはならないと強(し)ひられても自分には出来ない。もし尊敬を受けたければ、受けられる丈の実質を有った人間になつて自分の前に出て来るが好い」という明確な要求をもつ、新しい女性でもあったのです。それに対して健三の方は、「夫の為にのみ存在する妻を最初から仮定して憚からな」い「旧式」な男であったことも、地の文の書き手はかなり厳しく指摘しています。

　漱石の小説の中にあらわれてくる男たちは、明治に入って新たにつくられた、近代的な父権制社会、学校や軍隊、官僚組織や会社などでつくり出されたホモソーシャルな関係から、ことごとくドロップアウトしていくように方向づけられています。『明暗』の津田には、明治的父権制社会における男性性は一切与えられていません。周囲の人間から、息子・兄・夫・男であることを要求されながら、彼はそうした男性としての役割を担うことができないところまで追いつめられていきます。そうであるがゆえに『明暗』は、異性愛的な恋愛の可能性をはじめてとらえることができた小説だといえます。

　「社会ダーヴィニズム」の枠組でいえば、漱石の男たちは、明らかに「退化」した男たち、「ディジェネレイト」です。しかし漱石はそれを、迷亭の発言の中で「個性」と位置づけることによって、「進化」論的な枠組からの逸脱として排除するのではなく、自らの小説の中心にすえたのです。ここに、漱石の同時代的なラジカリズムがあるのだと思います。

第八章　意識と無意識

肉体と精神

『明暗』の津田由雄をめぐる物語は、「穴が腸迄続いてゐる」から「手術」をしなければならないという、津田の痔を診察した医者の宣告からはじめられていきます。「腸」というそれ自体「穴」でしかない自己の肉体の器官に、もう一つ「穴」があいていることを、津田は他者から告知されてしまうのです。

「根本的の手術」が必要だと言われた津田は、病院からの帰りの電車の中で、はじめて痔になった「去年の疼痛」を「あり〳〵と記憶の舞台に上」せます。津田にとってその「疼痛」の「原因」は「想像の外」であり、「不思議といふよりも寧ろ恐ろし」いものとして受けとめられています。「此肉体はいつ何時どんな変に会はないとも限らない。それどころか、今現に何んな変が此肉体のうちに起りつゝあるかも知れない。さうして自分は全く知らずにゐる。恐ろしい事だ」という想念が彼を襲います。

自分の「肉体」であるにもかかわらず、その内部で発生する「変」は、不意打ちのように襲いかかり、なおかつそれを「全く知らずにゐる」場合さえあるという自分の現在をめぐる認識が、過去の「疼痛」の「記憶」にうながされて浮上してきたのです。

しかし、「彼の頭はそこで留まる事が出来なかつた」のです。「どつと後から突き落すやうな勢で、彼を前の方に押し遣り、津田は「突然」「心の中で」こう「叫」びます。「精神界も同じ事だ。精神界も全く同じ事だ。何時どう変るか分らない。さうして其変る所を己は見たのだ」。痔の病とはまったく異なった出来事、しかし時期的には発病と重なるある出来事が、津田の「記憶」から甦ってきてしまったのです。

「何うして彼の女は彼所へ嫁に行つたのだらう。それは自分で行かうと思つたから行つたに違ない。然し何うしても彼所へ嫁に行く筈ではなかつたのに。さうして此己は又何うして彼の女と結婚したのだらう。それも己が貰はうと思つたからこそ結婚が成立したに違ない。然し己は未だ嘗て彼の女を貰はうとは思つてゐなかつたのに。偶然？　ポアンカレーの所謂複雑の極致？　何だか解らない」。異なる女を指す「彼の女」という同じ言葉。

津田がまず想起したのは、なぜ突然恋愛関係にあった「彼の女」(後に清子と判明する)が自分を拒み、別な男と結婚したのかということです。彼は女に捨てられた、女から選ばれなかった男であり、なおかつその理由と原因を、いまだ知らされず、意識化できない男なのです。同時に津田は、清子との恋愛が崩壊した後に「結婚」した「彼の女」(妻のお延)を自分が選んだ理由と原因を意識化できない男でもあるわけです。そして、その二つの空白、二つの穴、愛情の主体にとっての二重の欠落を意識化しなければならなくなると、「何だか解らない」という形で、自らの意識の問いかけから身をかわし、「根本的の手術」を回避する男なのです。

けれども一旦回避した「去年」の問いかけを、再び意識に送り込んだのは、「腸」という「穴」に、もう一つの「穴」を穿った「肉体」の「変」であり、「肉体」の「疼痛」をめぐる「記憶」の甦りにより、「精神」の「変」、清子の側の「変」と、お延と「結婚」した自分の側の「変」が、同時に想起されたのです。

同じ一つの意識の流れの中で、現在時における「変」への認識が過去の記憶を浮上させ、身体をめぐる記憶が精神的な記憶を呼び覚まし、一定期間意識の下に封印されていた心の傷を、あらためて意識の舞台にのせることになったのです。

その意味で漱石の最後の小説となる『明暗』の冒頭部は、英文学研究者として、『文学論』を執筆したときの夏目金之助の理論的な問題意識を、あらためて忠実に小説における作中人物の意識と無意識、記憶とその想起の問題として表現しようとしているのです。

意識の流れ

『文学論』における基本的な立場は、知覚や感覚によってとらえられ、経験的世界から与えられる「印象」も、言葉を中心とした記号体系によって生み出される「観念」も、「意識」という同じ流れの中にとりこまれれば、津田が「疼痛」の記憶から失恋体験を想起したように、連続した現象としてとり扱うことができるというものでした。

このような考え方は、当然、よくありがちな主体と客体、自己と他者、主観と客観、主体と対象、人間とその外界(自然)、といった二項対立的な分節化を無効化してしまいます。「意識」という流れの中では、こうした二項対立の両極が、必ず出会っているのです。対象としての清子やお延の記憶は、想起する主体の津田を脅かすことになります。

主体が対象を意識の流れにくり込むためには、対象からの知覚感覚的刺激を受け入れなければなりませんし、受け入れた刺激の、どれを選びどれを捨てて対象を意識するかの取捨選択は主体の側にまかされていますが、その主体も対象との偶然的な出会いをとおして当初は受動的に統合されているのですから、意識現象の上では主客の区別はありません。そもそも主体と対象といった分節化自体が事後的な意識の生み出したものなのです。こうしたことが、たとえば『文芸の哲学的基礎』などで主張されていた立場です。

漱石夏目金之助の考え方の底には、このような意識一元論とでもいえる発想がありま す。この意識は、どうしても時間の線条的な流れの中でしか現象しません。それはより明瞭な焦点的意識から、不明瞭な周縁的領域をとおり、無意識をくぐって、次の焦点へとむかいます。こうした波状を描く意識の在り方を、ウィリアム・ジェームズをはじめ、『文学論』で使用されている、リボーやスクリプチャーなどといった、最先端の生理学的心理学の知見を援用して漱石夏目金之助は体系化し、自らの小説の登場人物をとおして検証しつづけたのです。
しかし、人間が自らの意識の流れの内容を意識できるのは、一旦その流れを止めて、その外へ身をずらしたときです。しかも、そのとき把持されるのは、明瞭な焦点的部分だけですから、意識に対する認識は常に断片的なものにならざるをえないのです。
当然のことながら、意識の運動しているときの様態、あるいは焦点と焦点との間の周縁的で不明瞭な部分、そしてすでに過去のものとして通りすぎられてしまった多くの焦点は、すべて記憶という場に堆積しているはずです。そしてある特定の刺激が、外側からであれ内側からであれ、特別な作用をすれば、意識の流れは、突然方向転換することもありますし、これまで底の方に堆積していたなにかが、突如意識の表舞台に躍り出ることさえありうるわけです。津田がこの後、清子の記憶に呪縛されるように。

「意識の波」

『文学論』では、意識の運動を、ロイド・モーガンの『比較心理学』(*An Introduction to Comparative Psychology* 一八九四)に基づき、「意識の波」ととらえていました。この「意識の波」には、三つのレヴェルがあります。最も明晰な「焦点」的な部分、ある「焦点」から別な「焦点」へ意識が移行する際に通過する「辺端」的な部分、そして明確に意識化されない「識域下」の部分です。

通常の意識は、この中の「焦点」的レヴェル、認識的要素の高い「F」のレヴェルで構成されています。けれどもそこには常に「情緒」としての「f」がはりついています。『文学論』で主要に論じられたのは、一つの(F＋f)から別の(F＋f)へ、「意識の波」が移行する瞬間に生ずる「文学」的な効果でした。そうであるがゆえに、明確に論じられることはなかったにしても、「焦点」間の移行と変遷の過程に介在する「辺端」的な部分と「識域下」の部分が、重要な意味をもっていたことは、まちがいないことだと思います。津田の場合、肉体の「疼痛」をめぐる「f」が「識域下」の失恋の記憶を浮上させたのです。

『文学論』における具体的文学表現の分析は、「一刻の意識」における変化に内在する「文学」的機能が主に問題にされました。しかし、「意識の波」の理論は、より大きな時間幅の中でもとらえられていたのです。「認識的要素(F)」を分類する際に、次のような基準が出てきます。

(一)　一刻の意識に於けるF
(二)　個人的一世の一時期に於けるF
(三)　社会進化の一時期に於けるF

「一刻」から「個人的一世」に関しては、それなりの連続性を考えることができますが、「社会進化の一時期」とはかなり大きなギャップがあります。個人と個人の閉じられているはずの意識がどのようにして交錯し、「社会」といえる広がりにおける、時代の精神とでもいうべき共通の意識を形成するのかについて明らかにするには、かなり多くの問題を処理しなければなりません。それこそ、現代の新しい歴史学や社会史、文化史、制度史、メディア研究などがとりくんでいる領域です。

さらに「社会進化」という概念を、ここで不用意に容認してしまえば、「社会ダーヴィニズム」的な発想を認めてしまうことになります。それを認めてしまえば、進化の最前線にあるはずのイギリスの文学を、進化の途上にしかいない黄色人種である夏目金之助という、アジアの島国からやってきた「個人」が、その「文学」的機能に対して、あれこれ言うことはできない、という、『文学論』の営為それ自体を否定することにもなりかねないのです。環境に最も適合した種が生き残っていく過程が「進化」だとすれば、心身一元論的な心理学においては、身体の知覚をとおして環境としての外界を、最もよくとらえうる心こそ「進化」した心であり、外界をよくとらえるために必要なのは、西欧の自然科学的な認識だということになってしまいます。

自然科学的真理をとらえたように思っている認識も、要するに(F)によって構成されたものであり、それをつきつめれば(f)を徹底して抑圧した原子論的な認識に還元されてしまいます。「全体」をとらえるためには、(F＋f)としての「意識の波」を問題化しなければなりません。『明暗』に至るまで、この漱石夏目金之助の方法は一貫していました。

そうであればこそ、無意識の領域とつながる「辺端」と「識域下」の領域が、漱石の小説言説では構造上の重要性をおびてくることになるわけです。

「ばらく」な「私」

「意識の波」の理論を、最も直接的に小説化したものが『坑夫』です。すでに多くの人たちが指摘しているように、『坑夫』は「意識の流れ」小説ともいえる表現によって成立しています。二人の女性との三角関係に悩んだ一人の青年が、東京を出奔して坑夫になって帰還するまでの過程が、基本的には過去の時点における意識の推移を、きわめて微分的に言語化する形で記述されていきます。

ここで興味深いのは、自らの過去を回想する書き手でもあり、同時に主人公でもある「自分」が、過去をふりかえる現在の「自分」の認識と、記憶を想起することを行う位置に対して、きわめて懐疑的であるということです。

> 人間のうちで纏（まとま）つたものは身体丈（からだだけ）である。身体が纏つてるもんだから、心も同様に

> 片附いたものだと思つて、昨日と今日と丸で反対の事をしながらも、矢張り故の通りの自分だと平気で済ましてゐるものが大分ある。のみならず一旦責任問題が持ち上がつて、自分の反覆を詰られた時ですら、いや私の心は記憶がある許りで、実はばら〳〵なんですからと答へるものがないのは何故だらう。

人間は、物理的な身体性としては、一つの同一性や一貫性をもっているかもしれないが、心はまったく別で、「ばら〳〵」だという、『坑夫』の主人公が読者に投げかける議論は、いくつかの根本的な問題を提起しています。

まず第一に、自分の「心は記憶がある許りで、実はばら〳〵なんです」という認識は、通常の回想的な過去の記述の仕方に対する真向からの批判になっています。つまり、過去の自分に対して特権的な位置にある現在の自分から、一方的に過去のそれぞれの時点における自分に、意味と位置づけを与え、あたかも整合性と一貫性があるかのような像をつくりあげることは欺瞞であることが明らかにされているからです。

過去の自分に見出される整合性や一貫性は、あくまでも過去を語るその時点での現在の「私の心」によって与えられたものにすぎず、そうした行為は、過去の自分を捏造しているばかりでなく、現在の自分によって徹底して過去の自分を抑圧しているということにもなるのです。しかも、過去を語る現在の自分は、あたかも今後一切変化しないといったような、脱時間化した特権的な位置に身をおいているからこそ、そのような不変性について語ることができるわけです。

第二に、「昨日と今日と丸で反対の事」をするということが、人間にはよくあるという認識は、人間の「性格」や思想の一貫性といったものが、やはり捏造されたものであることを暴いています。事実『坑夫』の中では、「性格」といった「小説」的な人間観が繰り返し批判されることになります。

小説の登場人物に、あたかも一定の性格があるかのような印象を与える叙述が成立するのは、その人物をある一定の角度と枠組でとらえ、そこにあてはまる情報だけを言語化するからです。しかし実際には、ある一つの行為や言動をしていたとしても、それとはまったく反対の感情がその人の心の中で作動しているという方がありがちだ、というのが、「自分」の主張です。

「他人」としての「自分」

事実『坑夫』の主人公自身、当初は「死」の方向へと歩みつづけようとしていたにもかかわらず、まったく小さな外部からもたらされた偶然の出来事によって、突如として「生」の方向へ転換してしまったことからはじまり、繰り返し正反対の方向への意識の転換を体験することになります。そうした転換の瞬間は「昨日と今日」という離れ方などしておらず、ほんの一瞬の違いでまったく違った意識に変わってしまうのです。

もちろん、転換前の意識の内容と転換後の意識の内容とは、その転換の瞬間においては、決して正反対と言えるほど乖離してはおらず、むしろ類似性の方が強いのです。事後的に、遡及的に見たとき、そこが転換点だということがはじめて認識されるのです。たとえば「死」から「生」への転換というのは、暗い方へ人のいない方へ、究極的には「死」の方へ歩みつづけていた「自分」が、茶店の前を通り過ぎる瞬間、一人の男に呼びとめられ、きびすを返したということだけです。しかし、きびすを返すということは、「死」とは逆方向に歩きはじめたということになるのですから、つきつめると「死」から「生」の方向に、一八〇度転換したということになるわけです。

すると「死」の方向への意識と一括していたものも瞬間瞬間を微分的にとらえてみると微妙な差異を含んでおり、「生」にむかう意識も微妙な差異を積み重ねながら、次第に「死」から離脱し、「生」的な強度を高めていくということになり、このプロセスの中で、実は「死」と「生」といった二項対立が、「意識の波」によって、一つの流れの中でつながっているということも見えてくるのです。もちろんこの場合の「つながっている」状態は単なる連続ではありません。人間にとって最も根源的な二項対立が無効化するような事態は、微分的な意識の差異化の連続によってもたらされるのであり、その連続の瞬間瞬間の接点において、それまでの意識のレヴェルとの切断と転換が発生しているのです。

　したがって、回想する自己にとっての過去の自己は、決して「故の通りの自分」ではないのです。現在の「我」にとって、過去の自分は「非我」であるという、自己意識の内部における他者性について断言したのは『創作家の態度』（一九〇八・二・一五）という講演ですが、『坑夫』の「自分」は、過去の自己を明確に「他人」として意識しています。

　意識する自己が、とりあえず「自分」として意識できるのは、常にいま・ここにおける自己の意識についてだけであり、その一瞬前が、まったくわけのわからぬ「非我」、「他人」の意識だとすれば、一瞬後の意識も、もしかしたら、いま・ここの自己にとってまったくの「非我」、「他人」かもしれないのです。ならば、いま・ここの自己に対して過去の自己がそうであるように、いま・ここの自己は他者としての未来の自己にその主体をいつ奪われるかわからないという、文字どおり〈一寸先は闇〉という事態になるわけです。

　つまり表層にあらわれる意識は、単線的な時間軸のうえに並べられるしかないわけですが、一人の人間の中の意識のレヴェルは多層的であり、それぞれ非連続の切断層として潜在し、その潜在していたもののどれが、いつ、表舞台にあらわれてくるかは、まったく予測不可能なのです。

こうして、結果的に「辺端」を経て「識域下」に意識の運動がもぐった瞬間、潜在化していたレヴェルが顕在化してくるという、潜在意識や無意識の複数性を孕み込んだ葛藤が、漱石的「意識の波」の問題として現前してくることになるわけです。もちろんそうした認識の獲得には、ウィリアム・ジェームズの『宗教的経験の諸相』(一九〇二)などの著作によって啓示を受けたこともかかわっており、ジェームズへの関心は、修善寺の大患後の病床で、『多元的宇宙』を読むにいたるまで一貫しています。

記憶と忘却

『坑夫』における意識の、切断的に連続しかつ非連続的に転換する差異化の運動は、過去の時点における自己に即していえば、主要には外界から来る意識に対する刺激、あるいは他者による意識に対する刺激を契機に叙述されていました。このレヴェルだけで考えるなら、外界や他者からの知覚・感覚に対する刺激の経験が、人間の心理作用に大きく影響するという、心身一元論的な心理学の枠内にとどまります。

知覚・感覚に対する刺激に、どう反応し認識するか、というレヴェルに主体の位置はとどまり、その主体による選択はむしろ後景に退き、外界や他者からの働きかけと、一般的な個体の選択性が前景化し、人間だれしもがそのように反応し認識する、という枠組に回収されてしまいかねません。

しかし、回想する「自分」の側から考えてみると、それこそ外界や他者からの刺激も、それに対する過去の自分の反応や認識も、すべてが「記憶」として内部にあるわけですから、そこから何を取捨選択するかは、その主体だけに依拠するしかない、瞬間的な選択の営為になります。つまり外界や他者からの知覚や感覚に対する働きかけが、存在しなくても発生する意識と無意識の葛藤的な運動の領域が開示されてくることになります。

想起された「記憶」が、焦点的意識のレヴェルだとすれば、「辺端」から「識域下」のレヴェルとかかわるのが「夢」なのです。短篇連作『夢十夜』を書いた漱石が、「夢」を長篇小説の中における重要な方法として使用したのが『三四郎』です。三四郎が、野々宮の大久保の新しい借家をはじめて訪れた日の夜、入院中のよし子からの電報が来て野々宮が病院に行くことになり、三四郎は一晩留守番をさせられます。

その夜、大久保の踏切で「轢死」事故が発生します。三四郎はその死体を見てしまいます。「下には死骸が半分ある。汽車は右の肩から乳の下を腰の上迄美事に引き千切って、斜掛の胴を置き去りにして行ったのである。顔は無創である。若い女だ」。具体的な場面の映像を想像すると、ほとんど耐え難いほどの残酷な光景です。一度記憶に焼きついたら二度と忘れられないほどの衝撃を与えるような光景だったはずです。しかし、三四郎は、この後物語の中で、二度とこの光景を記憶から呼びおこすことはないのです。彼はみごとに、一旦意識に焼きついたこの光景を、忘却と無意識の闇の中に葬ってしまったのです。
自らの存在を根源的に脅かすような経験的事実を、忘却と無意識の闇に葬る役割を担うのが、この夜の「夢」と、その後の経験の言語化にほかなりません。

安心して床に這入つたが、三四郎の夢は頗る危険であつた。――轢死を企てた女は、野々宮に関係のある女で、野々宮はそれと知つて家へ帰つて来ない。只三四郎を安心させる為に電報だけ掛けた。妹無事とあるのは偽で、今夜轢死のあつた時刻に妹も死んで仕舞つた。さうして其妹は即ち三四郎が池の端で逢つた女である。

……

言語化することのできないほど生々しく、過酷な経験がそのまま記憶に残っていれば、それは繰り返し繰り返し、名づけえぬものとしての力を発揮しながら、経験のただ中に主体を導いてしまいます。それを回避するために、映像としてこの経験を封印する「夢」が見られているのです。三四郎の「夢」は、新聞のスキャンダルやゴシップ記事と、ほとんどかわらない俗悪なストーリーです。しかし、それはあの「轢死」体の生々しさを、「池の端で逢つた女」の美しい映像に置きかえる方向で動いています。つまり一回的で個別的な経験を、一般的な物語に回収し、残酷な映像を美しい映像に置きかえることによって、三四郎の心身は「夢」によって自己治療をしようとしたのです。

翌朝帰宅をした野々宮に、三四郎はこの事故について一部始終を語ります。これは体験を言語化することによるセラピーです。そして彼の妹よし子の病室に行き、もう一度事故について語ります。そして病室からの去り際、廊下で「池の女」と再会することで、夢の内容は現実世界における対象化された世界に置きかえられるのです。見事なセラピーの過程です。

以後三四郎は、この「夢」の中で殺してしまった美禰子を、上京途中に出会った「汽車の女」と、記憶の中で重ねるのですが、同じく「汽車の女」と名づけていいはずの「轢死」した女のことは一度も思い出そうとしません。そこには明らかに、日露戦争後の女たちが背負った過酷な現実から眼を背けようとする、本人にも自覚されていない三四郎の意識の傾きがあるわけです。当時の新聞に載った「轢死」する女たちをめぐる記事からは、その背景として、夫の戦死、結婚や恋愛の失敗、経済的困窮といった、美禰子や「汽車の女」に共通する現実が浮かびあがってくるのにもかかわらず……。

三四郎の「夢」の対極にあるのが広田先生の「夢」です。広田先生は美禰子の結婚話がまとまりつつある頃、たまたま来訪した三四郎に、昼寝から起きてそのとき見た夢を語ります。森有礼の葬儀(一八八九・二・一六)のときに、出会った「十二三の女」。彼女に広田先生が「あなたは画だと云ふ」と、彼女は「あなたは詩だと云つた」と言うのです。三四郎に語ったことから類推すると、この女の記憶と、自分の生い立ちをめぐるなにかが、広田先生が結婚を避けてきた理由のようです。美禰子が結婚を間近に絵になっていく女だとすれば、あるいは広田先生は、自分が結婚をしないでいる心の外傷を、このとき「夢」という形で想起していたのかもしれないのです。

精神的外傷と記憶

その時点では子どもであったため、理解する能力をもちあわせていなかったので、自分にとってどのような意味をもつかが明らかにならなかった幼い頃のある衝撃的出来事が、後になってもっと理解しやすいシーンの中で反復されることによって、それが自らの体験において、決定的な亀裂や自己破壊的な傷になるという形で、フロイトは精神的外傷＝トラウマについて説明しています。

同じような複数の出来事(もっとも、それらは、実際の在り方としては大きく違う場合もあります)が、想起されることによって置換させられ、変化をともなう反復として、あるいはそれぞれ独自のものでありながら、それらの間に類似性や同一性を見出してしまう、反復を認知する関係づけの作用の中で、精神的外傷(トラウマ)が刻まれるのです。

『それから』の代助の意識と無意識の小説の中での紹介のされ方は、まさに、平岡と三千代との結婚という出来事を、自らにとっての精神的外傷(トラウマ)として刻みつけてしまうように作動することになります。

『それから』の現在進行形の物語における「夜」と「眠り」と「夢」は、過去と現在を不意打ちのように遭遇させながら、代助を次第に三千代の方へと押しやってゆくことになります。同時にその「夜」と「眠り」と「夢」は、代助の鬱屈した欲望の在り方をも読者に暗示していくことにもなるのです。

東京に戻ってきた平岡夫婦が旅宿暮しから借家に引越した日の翌日の朝、代助は書生の門野から「昨夕(ゆうべ)は何時(いつ)御帰りでした」と問われています。門野は夜まで平岡の引越しを手伝って、平岡といっしょに風呂にまで入ってきたのですから、代助の帰宅はかなり遅かったことが暗示されています。さらに門野が「夫迄何所(それまでどこ)へ行つて居らしつた」と問いかけていることと考えあわせてみるならば、代助の行き先について読者は十分に類推することが可能です。

その類推をうながすように、それから四日後、代助が平岡に依頼された就職と、三千代を仲立ちとした借金の依頼について、兄誠吾に相談をもちかけたときの記述に、次のような一節があります。

> 実を云ふと、代助は今日迄(こんにちまで)まだ誠吾に無心を云つた事がない。尤(もっと)も学校を出た時

少々芸者買をし過ぎて、其尻を兄になすり付けた覚はある。

代助が「芸者買」をする男であることは前に述べましたが、卒業直後、それを「し過ぎて」しまったことがわかります。卒業直後といえばほかでもない、兄の菅沼と母親を、相継いで腸チフスで失った三千代に対して、代助が平岡との結婚を「周旋」し、二人の結婚が成立し、京阪地方に就職し引越す時期と重なっているのです。

平岡と三千代との結婚と引越しの背後で、代助の「芸者買」が度を越すものになっていったという三年前の事実。あるいは兄との応対の中で代助の中に想起された記憶を解釈の枠組とするなら、四日前の「夜」の代助の行き先は「芸者買」以外にありえない、ということになるでしょう。なぜなら代助はこの日、引越し前の昼食時に「膳を並べて飯を食つてゐた」平岡と三千代「夫婦」の姿を旅宿でまのあたりにし、二人が「留めるのを外へ出て、飯を食つて」、引越し先の「新宅」を訪れると、「手拭を姉さん被りにして、友禅の長襦袢をさらりと出して、襷がけで荷物の世話を焼いて」いる三千代の姿態を眼に焼きつけているからです。その光景はあるいは、代助にとって三年前、京阪地方にむかうときの平岡夫婦の引越しをめぐるシーンのあからさまな反復だったのかもしれません。

平岡と三千代が自分の眼の前で「夫婦」として存在しているという、あからさまな認識から逃げるようにして、代助は「芸者買」をしている、と言っても過言ではないのです。そしてこの事実は同時に、代助自身の「夜」へのこだわり、「夢」と「眠り」に対する屈折した執着とも結びついているのです。

平岡夫婦の引越しの夜、「芸者買」から帰ってきた代助はなかなか眠れませんでした。そしてこの眠りに入るときのことの意識化をめぐる現在時の出来事は、代助の意識の中で、「三、四年前」の記憶と接合されていきます。

> 三四年前、平生の自分が如何にして夢に入るかと云ふ問題を解決しやうと試みた事があつた。夜、蒲団へ這入つて、好い案排にうと〳〵し掛けると、あゝ此所だ、斯うして眠るんだなと思つてはつとする。すると、其瞬間に眼が冴えて仕舞ふ。しばらくして、又眠りかけると、又、そら此所だと思ふ。代助は殆んど毎晩の様に此好奇心に苦しめられて、同じ事を二遍も三遍も繰り返した。

「三四年前」といえば、大学を卒業する前後から、平岡と三千代が結婚をして京阪地方に発つまでの期間であり、代助の「芸者買」が度を過ぎて、兄に尻ぬぐいをしてもらわねばならなかった時期と重なっているのです。代助の意識は確かに、今述べたような形では、この二つの事実、過去と現在の明確な関連性についてまでは認識していません。

しかし、「此困難は約一年許りで何時の間にか漸く遠退いた。代助は昨夕の夢と此困難とを比較して見て、妙に感じた」とあるように、少なくとも同じことが反復されている、という事実について、代助は意識化することができているのです。もちろん、「約一年許り」という期間は、冒頭で記されていた、胸に手を当てて「鼓動を検」する「近来の癖」が、まだ無意識になる前の、三千代の子が死に、三千代自身が心臓病にかかることを代助が強く意識していた頃と重なっていることは言うまでもありません。

代助の身体は、意識の規制を逃れながら、過去と現在を無媒介的につないでしまうような運動を展開していたのです。そして、そのような運動を発生させるのが「夜」と「眠り」と「夢」なのです。もちろん、漱石はフロイトを知りません。しかし「夜」と「眠り」と「夢」が、漱石とフロイトをつなぐのです。

『それから』の物語は、この精神的外傷(トラウマ)の傷口をもう一度開き、それを治そうとする代助の意識と無意識の間の力の引き合いによって、小説の力学として作動しつづけることになります。漱石的世界ではすべての決定的出来事、反復から逸脱していく過去と現在の差異化をうながす現在進行形の物語内部の事件は、すべて「夜」に発生するのです。

記憶をめぐる意識と無意識

『門』においては、心の底に封印していた過去の記憶を、御米が想い起すことをきっかけに、宗助との過去が、読者に知らされることになります。安井を裏切り、宗助と一緒になるまでの一連の出来事を御米が想起するきっかけとなるのは、年の瀬が近づき、「水道税」のことを問い合せに崖上の大家坂井の家に行った宗助が、そこに居合せた商人から、御米のために「銘仙」の「反物」を「三円」で買って帰ったことです。

宅では御米が宗助に着せる春の羽織を漸く縫ひ上げて、圧の代りに坐蒲団の下へ入れて、自分で其上へ坐つてゐる所であつた。

「貴方今夜敷いて寝て下さい」と云つて、御米は宗助を顧みた。夫から、坂井へ来てゐた甲斐の男の話を聞いた時は、御米も流石に大きな声を出して笑つた。さうして宗助の持つて帰つた銘仙の縞柄と地合を飽かず眺めては、安い〳〵と云つた。銘仙は全く品の良いものであつた。

「何うして、さう安く売つて割に合ふんでせう」と仕舞に聞き出した。

「なに中へ立つ呉服屋が儲け過ぎてるのさ」と宗助は其道に明るい様な事を、此一反の銘仙から推断して答へた。

夫婦の話はそれから、坂井の生活に余裕のある事と、其余裕のために、横町の道具屋などに意外な儲け方をされる代りに、時とすると斯う云ふ織屋などから、差し向き不用のものを廉価に買つて置く便宜を有してゐる事などに移つて、仕舞に其家庭の如何にも陽気で、賑やかな模様に落ちて行つた。宗助は其時突然語調を更へて、
「何金があるばかりぢやない。一つは子供が多いからさ。子供さへあれば、大抵貧乏な家でも陽気になるものだ」と御米を覚した。
其云ひ方が、自分達の淋しい生涯を、多少自ら窘める様な苦い調子を、御米の耳に伝へたので、御米は覚えず膝の上の反物から手を放して夫の顔を見た。

御米は、そうとは意識せずに、宗助がめずらしく彼女のために購入した「銘仙の縞柄と地合」を眺めながら、「三円」という値段を宗助から聞いていたので、「品の良いもの」の割に「安く売つて」もらったことを喜んで「安い〱」と言ってしまいます。この時点で、御米はこの言葉が、かつて裏切った「安井」の姓と同じだということは意識できていません。

しかし、「其道に明るい様な事を、此一反の銘仙から推断して」という件りは、この後に過去を想起した際の「着物道楽で、髪の毛を長くして真中から分ける癖」のある「安井」の姿を想起する重要な契機になっています。

宗助が反物の話題から、坂井の家の「子供」の話に及んだとき、御米は自分が「子供」を産めないのは、「安井」を裏切ったからだという、東京で三人目の「子供」が死

産した後の、「易者の判断」を、この夜はじめて宗助に告白することになるのです。

三人目の「子供」が「臍帯纏絡（さいたいてんらく）」で死産した要因は、「御米が井戸端で滑つ」たからで、このときは、まだ「水道」を使ってはいなかったこともわかります。三人目の「子供」の死産の後「水道」に切りかえたから、この日宗助は「水道税」の相談に坂井の家を訪問したわけです。

そして、「子供」が産まれないことを、「安井」を裏切った宿命のように言われた精神的外傷(トラウマ)が、御米の心の中で、このとき再び血を流しはじめてしまったのです。

『門』という長篇小説は、宗助が「仕立卸（したておろ）しの紡績織（ぼうせきおり）」を着ているという紹介からはじまるわけで、それと手織の「銘仙」との対比、御米に贈り物をずっとしていないと思いながら、町を歩く宗助の姿を含めて、読者の側は『門』という長篇小説を読んできた記憶全体を、御米と宗助の精神的外傷を媒介に意識化することにもなるわけです。意識と無意識を記憶を媒介に交差させるところに、漱石の小説の大切な方法があるのです。

『行人』における二郎による新たな直の発見、『こゝろ』のKの自殺、『道草』における出産、といった、「眠り」をはさんだ「夜」に発生した諸事件は、『明暗』の津田が「夢中歩行者（ソムナンビュリスト）」のように清子と再会することとも重なっていく、漱石的な心的外傷の、小説表現にする克服のあらわれなのだと思います。

第九章　個人と戦争

帝国主義の時代

漱石夏目金之助が生まれたのと同じ頃、欧米列強に不平等条約を押しつけられた幕府が瓦解し、国民国家としての大日本帝国が形成されはじめます。

黒船で来航したペリーを通じて日本を開国させたアメリカ合衆国は、一八六一年から六五年にかけて、奴隷制の存廃をめぐって、内戦としての南北戦争を闘い、商業工業地域として資本主義的な発展をとげていた北部が、農業地帯であった南部に勝利し、国民国家として再統一されます。

他方ヨーロッパの南では、イタリア諸国をサルジニアに併合する形で、一八六一年にイタリアが統一国家となり、七〇年にローマを併合し翌七一年ローマに遷都しています。北西部では一八七〇年七月から七一年五月にかけての普仏戦争を経て、フランスに勝利したプロイセンを中心にドイツ帝国としての国家統一が成されました。このときドイツ領とされたロレーヌ地方は、鉄鉱や石炭の生産地でした。ドイツ諸侯国の国民国家としての統一はまた、産業革命以後の産業資本主義を支える、資源をめぐる戦争でもあったのです。

一八世紀の後半アメリカ独立戦争とフランス革命によって、新旧両大陸に近代国民国家がほぼ同時に成立しました。旧大陸のヨーロッパにおいては、フランスのイギリスに対する革命防衛戦争は、ナポレオン一世による侵略戦争へと転換し、対仏大同盟を結んだロシア、オランダ、オーストリア、プロシア等に、ナショナリズムを形成することになったのです。その結果百年後の一八六〇年代から七〇年代にかけて、ヨーロッパでイタリアとドイツが、新しい国民国家体制を構築していきました。

アジアにおいては明治日本が国民国家の仲間入りをしたのであり、「漱石」という名前がこの世にあらわれる頃には、それぞれ帝国主義的な段階に突入していたのです。そして一九世紀の終りには、世界を支配していたかにみえた、ヴィクトリア朝大英帝国が、こうした新興帝国主義列強に肩を並べられ、相対的な位置に転落してしまい、ボーア戦争はそれを象徴するような戦争だったのです。

個性と文明

成立当初の国民国家の理念は、フランス革命がかかげた「自由・平等・友愛」というスローガンが示すように、平等な個人が、自由意志によって国家と契約する社会のはずでした。けれども、一旦その契約が完了するや否や、国家は個人を抑圧し、その自由を規制する方向で作動しはじめ、国民国家を守る国民軍としてつくられた軍隊は、国家の意志によって個人の生き死にを支配する装置となり、ただちに他国への侵略戦争を遂行する軍事力に転換されました。そして、市場を拡大しようとする資本と国家の意志に基づく他国との戦争、帝国主義的な戦争に、個人は有無を言うことすらできない形で、自ら契約した国家によってかり立てられていったのです。

漱石は、『草枕』(一九〇六・九)の中で、このような一八世紀末から二〇世紀にいたる近代国民国家の状態を、「汽車」にたとえて実に的確に表現しています。

> 汽車程二十世紀の文明を代表するものはあるまい。何百と云ふ人間を同じ箱へ詰めて轟と通る。情け容赦はない。詰め込まれた人間は皆同程度の速力で、同一の停車場へとまつてさうして、同様に蒸気の恩沢に浴さねばならぬ。人は汽車へ乗ると云ふ。余は積み込まれると云ふ。人は汽車で行くと云ふ。余は運搬されると云ふ。汽車程個性を軽蔑したものはない。文明はあらゆる限りの手段をつくして、個性を発達せしめたる後、あらゆる限りの方法によつて此個性を踏み付け様とする。一人前何坪何合かの地面を与へて、此地面のうちでは寐るとも起きるとも勝手にせよと云ふのが現今の文明である。同時に此何坪何合の周囲に鉄柵を設けて、これよりさきへは一歩も出てはならぬぞと威嚇かすのが現今の文明である。何坪何合のうちで自由を擅にしたものが、此鉄柵外にも自由を擅にしたくなるのは自然の勢である。憐むべき文明の国民は日夜に此鉄柵に嚙み付いて咆哮して居る。

『草枕』の語り手である「画工」が、那古井という温泉場で知り合った、那美さんという女性の従弟久一が、日露戦争に出征するのを見送りに行った場面です。

なぜ「汽車」が「二十世紀の文明を代表する」のでしょうか。「蒸気の恩沢に浴」する蒸気機関が実用化されるのが一八世紀末でした。一九世紀に入ってレールの上を走る蒸気機関車が実用化され、一八三〇年に工業都市マンチェスターと港湾都市リヴァプールを結んだ営業運転がはじめられ、一八一九年にアメリカのサヴァンナ号が大西洋横断に成功したのですから、「蒸気の恩沢」による「汽車」は一九世紀を「代表する」のではないでしょうか。

工業都市と港湾都市を「汽車」で結んだ大英帝国は、「蒸気」機関で動くスクリュー艦船で、支配下にある植民地に「世界の工場」イギリスで生産した工業製品を大量に運んで売りさばき、帰りには同じ船で安く買いたたいた原材料や食料を本国に運んだのです。鉄の「蒸気」船には巨大な大砲を多く設置することができ、軍事的覇権で列強が一気に植民地を拡大し、世界を支配したのが一九世紀前半です。

イギリスの植民地から独立したアメリカ合衆国では、最初の「蒸気」軍艦の艦長となり、「蒸気海軍の父」と呼ばれたペリーが、一九世紀の半ばに、日本に開国を迫ったのです。

そして明治維新後の大日本帝国が「蒸気」軍艦で武装し、日清戦争で清国に勝利したのが一九世紀末の一八九五年。

日清戦争の最中に父アレクサンドル三世が亡くなり、最後のロシア皇帝になったニコライ二世は、シベリア鉄道を起工する一八九一年に皇太子としてアジア諸国を訪問し、来日した際に警備の津田三蔵巡査に斬りつけられ(大津事件)て、日本嫌いになっていました。ドイツ皇帝ウィルヘルム二世は、「黄色人」の興隆はヨーロッパキリスト教文明の脅威だと「黄禍論(こうかろん)」をあおり、ロシアこそが「黄禍」を阻む前線だとニコライ二世を挑発し、シベリア鉄道建設を支援していたフランスを巻き込んで「三国干渉」が行われたことは、すでに述べたとおりです。

これに対し、大日本帝国においては、「臥薪嘗胆」を合言葉にして、ロシアに対する国民の敵愾心をあおり、「二十世紀」の一九〇二年に日英同盟を結ぶことによって日露戦争に突入したのです。だからこそ、久一を日露戦争の戦場に運んでいく「汽車」は「二十世紀の文明を代表する」ということになるわけです。「汽車」は多くの人々を「同じ箱へ詰めて」、「同程度の速力」で、「同一の停車場(ステーション)」、つまり同じ帝国主義戦争の戦場へと運んでいく装置というところが「二十世紀」なのです。産業革命以後の機械文明が「文明」だとするなら、西洋の一島国イギリスで発生したきわめて特殊な事態が、「文明」という概念で人間社会の一般的な在り方であるような価値を与えられ、世界全体を均質化していったのです。

欧米社会をひとしなみに、経済的、社会的、政治的、軍事的にも均質な方向へ転回させていった「文明」という原理は、「社会ダーヴィニズム」によって、あたかも人類全体の必然的な発展方向であるかのように位置づけられていったのです。明治維新政府の選びとった「文明開化」と「富国強兵」政策とは、そのような欧米の「列強」と「同じ」で「同程度」な「同一」性を目指すことであり、「脱亜入欧」というもう一つのスローガンが、その方向性を明確に指し示すことにもなっていったのです。

もちろん「二十世紀」の国家は、あからさまに支配して抑圧するような態度はとりません。人々は、あたかも平等な「個人」が「個性」としての自由意志でそうしているかのように、つまり「汽車へ乗る」という形で受けとめているのです。しかし実際は「二十世紀の文明」の力によって、無理矢理「積み込まれ」ているのです。自由意志で目的地へ「行く」のではなく、「文明」の力で「運搬され」ているにすぎないのです。『草枕』の画工が見た「停車場」から出ようとする「汽車」には、出征兵士である久一をはじめとして多くの軍人が「積み込まれ」ているのが現実なのです。軍人たちは日露戦争の戦場へと送られていくことになるのですが、開戦前に新聞ジャーナリズムを中心に行われたキャンペーンをとおして、あたかも自らの意志で出陣していくかのような錯覚がつくられていったのです。

多くの人々の自由を束縛し、戦場での死という「同一」目標に送り込んでいく明治国家も、かつては「四民平等」のスローガンをかかげた革命によって成立したはずなのです。「文明」の名のもとに、「新大陸」の植民地化を正当化したヨーロッパの人々は、先住民が生活しているにもかかわらず、そこを「無主の地」として、「土地」を私有化していきました。フランス革命以後の共和制の下で「土地」の私有化は旧大陸でも進んでいきます。しかしナポレオンによって再び帝制がしかれます。その意味において、「文明はあらゆる限りの手段をつくして、個性を発達せしめたる後、あらゆる限りの方法によつて此個性を踏み付け様とする」ことになるわけです。

そして明治維新後の大日本帝国でも、かつては「公」のものであった「土地」の私的所有が一八七三(明治六)年の地租改正法によって実施されました。それが「一人前何坪何合かの地面を与へて、此地面のうちでは寐るとも起きるとも勝手にせよ」という「現今の文明」なのです。「何坪何合かの地面」の中での「自由」とは、国境を確定した国民国家の内部における「自由」でしかなく、それがそれぞれの国民国家の法によって支えられている以上、見方を変えれば、「鉄柵」の「威嚇(おど)」しによって保証されている「自由」でしかないのです。

ナポレオン戦争が、フランス革命の防衛戦争から、侵略戦争に転換してしまったように、「何坪何合のうちで自由を擅にしたもの」は、近代国民国家の国境であるところの

「鉄柵外にも自由を擅にしたくなる」のです。この「自然の勢（いきおい）」こそが、「二十世紀」の帝国主義的な戦争への国民的な欲望、すなわち先に述べた「臥薪嘗胆」にほかなりません。

「二十世紀」の「文明」がつくり出した、近代国民国家の象徴としての「汽車」は、国家権力が遂行する戦争と個人のかかわりをあらわにする認識装置なのです。「二十世紀」にいたるまでの個人の形成は「文明」の力によるものであり、またその「自由」も「文明」によって支えられているのです。「文明」がイギリスからはじまり、世界化した産業革命と世界市場の形成を意味するなら、その「自由」は圧倒的多数の植民地の人々の「個性を踏み付け」た上に成立しているのです。

先の引用に続けて、『草枕』の画工は「文明の国民」と「個人」の矛盾について議論を進めていきます。先の引用の末尾で「文明の国民は日夜に此鉄柵に噛み付いて咆哮して居る」とありました。帝国主義的な侵略戦争によって「何坪何合かの地面」を手にした「文明の国民」は、「鉄柵外」に出てさらなる自由を欲望して「咆哮」しているのです。この帝国主義段階に入った国家における「文明の国民」になってしまった「個人」は、最早人間ではなく「虎」だと「画工」の認識は展開していきます。

> 文明は個人に自由を与へて虎の如く猛（たけ）からしめたる後、之（これ）を檻穽（かんせい）の内に投げ込んで、天下の平和を維持しつゝある。此（この）平和は真の平和ではない。動物園の虎が見物人を

睨(にら)めて、寐転んで居ると同様な平和である。檻の鉄棒が一本でも抜けたら——世は滅茶〻〻になる。第二の仏蘭西(フランス)革命は此時に起るのであらう。個人の革命は今既に日夜に起りつゝある。北欧の偉人イブセンは此革命の起るべき状態に就て具(つぶ)さに其(その)例証を吾人(ごじん)に与へた。余は汽車の猛烈に、見界(みさかい)なく、凡ての人を貨物同様に心得て走る様を見る度に、客車のうちに閉ぢ籠められたる個人と、個人の個性に寸毫(すんごう)の注意をだに払はざる此鉄車とを比較して、——あぶない、あぶない。気を付けねばあぶないと思ふ。現代の文明は此あぶないで鼻を衝かれる位充満してゐる。おさき真(まっ)闇(くら)に盲動する汽車はあぶない標本の一つである。

「画工」の認識で重要なのは、先に述べたように主語が「文明」になっているところです。「文明」が「個人」に「自由」を与えて「虎」にしたのであり、「虎」になってしまった「文明の国民」を「檻穽」の中に入れているのです。この「檻穽」の「鉄棒」が「抜けたら」、「世は滅茶〻〻」になってしまうという「画工」の認識は、第一次世界大戦から第二次世界大戦、そして冷戦構造下の朝鮮戦争、中東戦争、ヴェトナム戦争にいたる二〇世紀の戦争と、二一世紀の「テロとの戦争」にいたる歴史的射程を見通す認識の力をもっています。

「画工」が「第二の仏蘭西革命」を、どのような革命として構想していたかはわかりませんが、その出発点が「画工」が「イブセン」の作品の中に見出した「個人の革命」にあることだけは明確になっています。

「イブセン」の作品の中で、誰もが思い浮かべるのが『人形の家』(一八七九)。女性主人公ノラは、銀行の専属弁護士となった夫が、自分のことを一個の人間、つまり「個人」として認めず、「人形」扱いをしていることに抗議するかのように家を出ていきます。ノラは一度乗った「汽車」から降りた人間だということがわかります。

「汽車」が「個人」を「客車のうちに閉ぢ籠め」て、「同一の停車場(ステーション)」に運ぶのであれば、「此鉄車」から降りる勇気をノラの行動は示したのです。あるいはあらかじめ「此鉄車」には乗らないという選択をすること。それが那美さんと同じように「汽車」に乗らなかった「画工」の、「あぶない、あぶない」という警告に応じる「個人の個性」を生きぬく「個人の革命」の一つの方法なのです。

「汽車」に乗らないという拒絶をすること。国家の命令に従って戦場に行かないこと。国家の用意した「客車のうちに閉ぢ籠められ」ないこと。ここに『草枕』の「画工」の言う「個人の革命」の遂行の仕方があるのです。一九一四(大正三)年一一月二五日、学習院で講演した『私の個人主義』の中で、漱石は「個人の革命」についてかなり明確な議論を展開しています。大変興味深いのは、この講演の前半部、漱石自身が「此講演の第一篇」と位置づけているところでは、自分の学生時代からロンドン留学を経て、『文学論』を構想する過程が自伝的に振り返られ、その中で「自己本位」という概念が位置づけられ、後半の「第二篇」では「権力と金力」の問題と「国家と個人」の問題が論じられているということです。

周知のとおり、それから一ヶ月半後、翌年の一月一三日から漱石は『硝子戸の中』というエッセイの中で、結果として自らの生い立ちの記憶を語ることになります。その冒頭近くに「去年から欧洲では大きな戦争が始まつてゐる。さうして其戦争が何時済むとも見当が付かない模様である。日本でも其戦争の一小部分を引き受けた」という大変強く第一次世界大戦のことを意識した文章があります。

第一次世界大戦は、『私の個人主義』という講演の行われる四ヶ月前の七月二八日に勃発し、日本がドイツに宣戦布告するのが八月です。そして、『吾輩は猫である』の執筆時を現在時としながら、養子問題を含む自らの生涯を伝記的に記した『道草』へと漱石は筆を進めていくことになるわけです。つまり、小説家漱石は、第一次世界大戦という、体験しえた最後の戦争のただ中で自己の生涯を全体として振り返ったのです。漱石が自己認識としてとらえていた夏目金之助という個人は、こうした世界情勢の中を生きぬいた人間であったのです。

この講演の中で、漱石は、「個人主義」と「国家主義」が矛盾するとして、すべてを「国家の為」に捧げなければならないといった主張に批判を加え、「私共は国家主義でもあり、世界主義でもあり、同時に又個人主義でもある」と述べています。しかも、「国家的道徳といふものは個人的道徳に比べると、ずつと段の低いもの」だから、平和な時は「徳義心の高い個人主義に矢張重きを置く方が」「当然」だと言っています。

ならば「個人主義」の「徳義心」、つまりは倫理性とは何かと言えば、漱石は「自分がそれ丈の個性を尊重し得るやうに、社会から許されるならば、他人に対しても其個性を認めて、彼等の傾向を尊重するのが理の当然」だと主張します。「自分が他から自由を享有してゐる限り、他にも同程度の自由を与へて、同等に取り扱はなければならん事と信ずるより外に仕方がない」と言い、「自分の幸福のために自分の個性を発展して行くと同時に、其自由を他にも与へなければ済まん事だと私は信じて疑はないのです」と、ほとんど自らの信条として語っています。

自己の「個性」の自由を「発展」させようと思うならば、同じ程度にしかも同時に、他者に対してもその「個性を勝手に発展」させる「自由」を認めなければならないという主張です。注目しておくべきなのは、ここで言われている「同程度」「同等」「同時」は、『草枕』にあらわれていた「同一」性とはまったく質を異にするということです。自己と他者を均質的均一的に平等主義的に、「同一」の価値基準やシステム、つまりは「客車」の中に入れ、同じ目的地に連れていくという「同じ」ではないのです。

「自分」と「他」が決して相容れることのない、しかも下手をすれば真向から対立するかもしれない「個性」をもっているからこそ、その「個性」の差異的な発展の自由を、「同程度」かつ「同等」に、しかも「同時」に認めなければならない、という考え方なのです。これらの「個性」は、一人ひとりの人間の絶対的な差異として現象しているのです。

相対的な差異とは、相互に比較対照が可能な、つまり同一の価値基準に即して測定可能な差異です。それに対して絶対的な差異には、統一的な価値基準は存在しません。そうであればこそ、つまり他者の「個性」を理解できなかったとしても、他者の「個性」を発揮する「自由」を認めなければならないのです。なぜなら理解できる範囲での許容は、「自由」を認めることではなく、統一されたシステムの中で管理することとあまりかわらないからです。

「個人主義」のこうした倫理性を「国家主義」と「世界主義」の中で考えるとどうなるでしょうか。なんらかの「統一」原理でくくることのできない諸国家は、それぞれ独自な歴史的経過を歩んできたわけですから、当然政治的・社会的・文化的な「個性」であるわけです。もしお互いにそれぞれの国家や民族・部族の「個性」を認めるとするならば、その独自な発展の「自由」が保証されなければなりません。

ある国家が、自分の「自由」を拡張するために、他国を侵略することは許されないはずです。あるいは産業資本主義的な機械「文明」を、あたかも自然過程の「進化」のようにして「未開」「野蛮」「後進」の国におしつけることも許されないはずです。「個人主義」の倫理を、国家間の倫理にしたとき、そこには明らかに帝国主義批判の論点が屹立してくるのです。その意味においても、漱石の「個人主義」は普遍性をもっています。

漱石と「自己本位」

一九〇六(明治三九)年一〇月二三日付の狩野亨吉宛の手紙で漱石は、英国から帰国する船中で「自己本位」を貫いて生きる決意を固めたと書いています。『私の個人主義』の中では『文学論』を構想するときに、「自己本位」の精神で進んでいこうと決めたと語っています。すぐ後の一九〇六年一一月に『文学論』の「序」を書いています。自らの心的外傷を確認するかのように、「自己本位」という言葉を反復して想起しているのです。

『私の個人主義』の中での「自己本位」は、「普通の学者は単に文学と科学とを混同して、甲の国民に気に入るものは屹度乙の国民の賞讃を得るに極つてゐる、さうした必然性が含まれてゐると誤認してかゝる」ことへの批判として提示されています。

まず「国民」の問題が出てくるのです。もしすべての人種や民族が、同じ「進化」の過程をたどるのであれば、「進化」の一つの結果としての「文学」的表現も、皆同じになるのが必然だということになります。すると「進化」の頂点にはイギリスをはじめとする欧米列強が位置しているわけですから、どの民族も西欧的な「文学」を模倣しなければならないということになります。事実、坪内逍遥以来の日本の文壇も、一時期そうだったわけです。漱石は、それが決定的な「誤認」だと言うのです。

この発言の直前に「私が独立した一個の日本人であつて、決して英国人の奴婢でない」という言葉があるために、一見ナショナリスティックな発言のようにもとれますが、実はそうではありません。

「文学」的な「個性」あるいは「芸術」的な「個性」とは、徹底して自らの美的判断や趣味判断、あるいは好悪の趣向に忠実になろうとするわけですから、原理的には、その人自身にしかわからない価値判断をしているのです。「文学」や「芸術」の領域はすべての現象に共通な真理を明らかにする自然科学とは決定的に異なります。人種はもとより、民族性や国民性にもからめとられない、たった一人の、一回的な美的判断という特異性が、「文学」や「芸術」の在り方なのです。

漱石もそのことを自覚して、繰り返し同じ主張をしていますし、『私の個人主義』の中でもこう述べています。

個人主義は人を目標として向背を決する前に、まづ理非を明らめて、去就を定めるのだから、或場合にはたつた一人ぼつちになつて、淋しい心持がするのです。

この「淋しさ」は、一切のセンチメンタリズムとは無縁なものです。既存のあらゆる「人」(他者)の考え方を懐疑しつくし、徹底してその「理非を明らめ」たうえで、自らが主張すべきことがあれば、たとえ「たつた一人ぼつちになつ」たとしても、それをあえて実践するという、単独性を生きぬこうとする覚悟なのです。

そうした単独性は、常識とシステムの枠内にいる他者から見れば、狂気となります。『文学論』の「序」の末尾には、自分は留学中イギリス人から「神経衰弱」と言われ、日本人からも「狂気」と言われた、しかし、自分はそれを背負って小説を書いて生きていくと宣言したことは、前にふれました。漱石は「神経衰弱」と「狂気」をあえて小説家として生きぬこうとしたのです。

漱石の「自己本位」は、綱渡りのような論理です。けれども漱石の「自己本位」には、その根方に「自分で自分が道をつけつゝ進み得たといふ自覚」、既存の思想や思考方法に対する徹底した批判が内在していたのです。「自己本位」は、『退化論』的な差別主義に対する批判を生きぬくことであり、帝国主義的な覇権主義を批判することでもあったのです。

なぜなら、『退化論』を支えた「社会ダーヴィニズム」が、自然から人間社会までをも一つの統一システムとしてとらえ、それぞれの種の個別性を「進化」という一つのものさしの上に配列して並べたように、帝国主義は一国の独占的な産業資本と金融資本によって世界を制覇しようとすることであるからです。ある均質的な価値基準によって、全体をシステム化しようとする論理は、「個性」を相対的な差異に還元することで、結果的に差別を固定化してしまうことになるのです。

「自己本位」の「個性」は、この世にかけがえのない、たった一つの「個性」です。諸「個性」の差異は絶対的です。この「個性」の差異は、国家や民族、様々な「文明」の在り方にもあてはまるはずです。それはついに差異でしかなく、いかなる差別化をも拒むのです。漱石の「自己本位」とは、この差異を引き裂かれながら生きぬくことであり、生きぬくことはまた、自己を差異化しつづけることなのです。

五つの戦争

まったくの歴史的偶然ですが、漱石夏目金之助の生涯は、結果としては五つの戦争を含み込むことになってしまいました。戊辰戦争(一八六八)、西南戦争(一八七七)、日清戦争(一八九四〜九五)、日露戦争(一九〇四〜〇五)、そして第一次世界大戦(一九一四〜一八)です。漱石夏目金之助は一八六七年に生まれ、一九一六年に亡くなっていますから、戦争に縁取られ、人生の節目節目と戦争が重なった一生だったということになります。

戊辰戦争の年には、夏目家から塩原家に養子にやられていますし、西南戦争の年には養父が新しい妻と連れ子を塩原家の戸籍に入籍し、新しい家に移り、養父母の離婚で金之助は夏目家に戻っています。日清戦争は、親友正岡子規と、人生の方向を決定的に違えてしまう契機となりましたし、日露戦争のただ中で小説家「漱石」が誕生し、第一次世界大戦の最中に、『明暗』を中断する形でその生涯を終えたのです。国民国家の成立をめぐる内戦と帝国主義戦争の時代を、漱石夏目金之助は生きぬいたのです。

第一次世界大戦が、日本という枠内だけではとらえられない戦争だということは言うまでもないことですが、「二十世紀」という言葉を繰り返し使用した作家「漱石」にとって、五つの戦争の本質は、その都度の世界史的な文脈の中で見えていたはずです。散文を書く主体としての「漱石」が、正岡子規の命名によって誕生したのは、ロンドン留学時代ですが、ロンドンに到着した翌日金之助がボーア戦争に参戦した義勇兵たちの帰還騒ぎの中にまきこまれたことは、すでに述べたとおりです。「二十世紀」の一年前に、イギリスに足を踏み入れた金之助は、来たるべき「二十世紀」が、世界的には帝国主義の時代、あるいは帝国主義戦争の時代であることを、肌身に感じとっていたのだと思います。

「軍国主義」と「個人の自由」

一九一六（大正五）年の年頭、漱石夏目金之助は『点頭録』と題した文章を『東京朝日新聞』に九回にわたって発表しています。

『点頭録』は、一九一四年にはじまった「欧洲戦争」、すなわち第一次世界大戦についての感想を求められたことへの漱石夏目金之助の側からの応答です。「最も自分の興味を惹」きまた「現に惹きつゝあるものは、軍国主義の未来」だと宣言したうえで、次のように述べています。

……独逸(ドイツ)だの仏蘭西(フランス)だの英吉利(イギリス)だのといふ国名は、自分に取つてもう重要な言葉でも何でもなくなつて仕舞つた。自分は軍国主義を標榜する独逸が、何(ど)の位の程度に於て聯合国を打ち破り得るか、又何れ程根強くそれらに抵抗し得るかを興味に充ちた眼で見詰めるよりは、遥(はるか)により鋭い神経を働かせつゝ、独逸に因つて代表された軍国主義が、多年英仏に於て培養された個人の自由を破壊し去るだらうかを観望してゐるのである。

自分にとっては、もはや「国名」などは意味をもたない、戦争の勝ち負けも問題ではない、自分が最も「鋭い神経を働かせ」ているのは「独逸に因つて代表された軍国主義」が、長い年月をかけて「英仏に於て培養された個人の自由を破壊し去るだらうか」についてなのだと漱石は言い切っています。

漱石が第一次世界大戦において、最も注視しているのは、ドイツの「軍国主義」とイギリスとフランスの「個人の自由」の対決の趨勢だったのです。なぜならこのとき「強制徴兵案」がイギリスの「議会」に提出され「百五対四百三の大多数を以て第一議会を通過した」からです。

「自由を愛する念」が「第二の天性」になっているはずの「英国民の頭の中に」「非常な変化が」「起りつつある」と表明した漱石は、この議会の結果が「独逸が真向に振り翳(かざ)してゐる軍国主義の勝利」であり、「英国は精神的にもう独逸に負けた」とまで断定しています。

他方「仏蘭西人」について漱石は、「開戦の劈頭(へきとう)から首都巴里(パリー)を脅かされ」「政庁さへ遠い所へ移さなければならなくなつた」のだから、その「精神的打撃」はイギリスの「幾倍」も「深刻」だと考えています。しかも漱石は「仏蘭西人」を「たゞでさへ何うして独逸に復讐してやらうかと考へ続けに考へて来た彼等」と位置づけ、「普仏戦争」以来ドイツに対して「復讐」を考え続けてきたととらえているわけです。

「普仏戦争」は「独逸」が統一国家となる契機となった戦争でした。漱石は『点頭録』の後半で、「トライチケ」について論じていきます。ハインリヒ・フォン・トライチュケはドイツ帝国が成立する時期の戦時ナショナリズムを鼓吹した代表的な歴史家であり政治思想家です。

千八百六十七年ビスマークの力によつて成就された北独乙の聯合は、此意味から見て、彼の理想をある程度迄現実にしたものに違なかつた。其結果として凡てに課せられたる義務兵役と、其義務兵役から生ずる驚ろくべき多くの軍隊とは、支配権を有する普魯西（プロシア）に取つて大いなる力であつた。それを独乙勢力の増進に必要な条件、即ち西方発展策に応用したのが即ち普仏戦争なのである。

「千八百六十七年」は、漱石夏目金之助の生まれた、西暦の年号にほかなりません。『点頭録』という一九一六年元旦の叙述は「また正月が来た。振り返ると過去が丸で夢のやうに見える。何時の間に斯う年齢（とし）を取つたものか不思議な位である」と、自らの生涯全体を振り返るように書きはじめられていました。しかも「六十一」という「晩年発心」した「趙州和尚」にふれ、「自分は多病だけれども、趙州の初発心の時よりもまだ十年若い」と記されていくわけですから、冒頭から自分の年齢を強く意識した叙述になっているのです。「義務兵役」の「普魯西」を中心とした「北独乙」は、漱石夏目金之助と同い年だ、ということなのです。

一八七〇年七月から七一年にかけての「普仏戦争」は「普魯西」側の圧倒的優勢の中で、一月にパリを開城させ、ウィルヘルム一世のドイツ皇帝即位式は、勝利を見せつけるためにヴェルサイユ宮殿で行われたのです。

安政五ヶ国条約という不平等条約の改正を依頼するための、しかし目的を実現することのできなかった特命全権大使岩倉具視をはじめとする使節団が、アメリカからヨーロッパに入ったのが、ちょうど「普仏戦争」の後でした。このとき大日本帝国の国家体制は、「普魯西」をモデルにする方向に転換させられたのです。「普仏戦争」から「独逸」の「軍国主義」を論じることは、同じ「強制徴兵制」を導入した、明治維新後の漱石夏目金之助の年齢と同じ大日本帝国の、来歴を論ずることにほかならなかったのです。

『点頭録』に叙述された、自らの人生全体と、大英帝国によるパクス・ブリタニカの崩壊から、日英同盟を結ぶことによって大日本帝国が日露戦争という帝国主義戦争に、きわどい勝利をおさめ、「一等国」という自己陶酔の中で、やはり日英同盟に基づいて、大日本帝国は第一次世界大戦に参戦し、アジアにおけるドイツ海軍の拠点であった青島を軍事占領しています。

こうした状況の中で、あえて漱石夏目金之助は、「軍国主義」の「勝利」を宣言しているのです。「軍国主義」の内実は、プロイセンにならって大日本帝国においても実施されつづけている「強制徴兵」であり、それこそが「個人の自由」と真向から対立すると、一九一六年の漱石夏目金之助は言い切っているのです。

漱石没後百年の現在、「強制徴兵」と「個人の自由」の対立と矛盾を、私たちは止揚していません。没後百年間の前半の三十年間、「対華二十項目要求」を出した大日本帝国は中国大陸での覇権を目指し、やがて「十五年戦争」に突入していきます。この中で、大日本帝国は、ほぼ同じ時期に国民国家となったイタリア、ドイツと軍事同盟を結び、「枢軸国」を形成し、第二次世界大戦を起します。そして一九四五年八月に敗戦します。

漱石没後三十年の一一月三日に公布された「日本国憲法」九条の存在によって、「強制徴兵」は存在しなくなりました。しかし、その五年後に結ばれた「旧日本安全保障条約」という「日米同盟」の中に入ることによって日本は「再軍備」の道を歩みはじめました。

そして漱石没後百年(二〇一六年)の三月二九日、多くの国民が反対した戦争法制としての「平和安全法制」が第三次安倍晋三政権の下で施行されました。漱石夏目金之助が鋭く百年前に看破した、「日米同盟」に基づいてアメリカに軍事的な協力をして、世界のどこにおいてでも、いつでも戦争のできる国家に、日本はさせられようとしているのです。「強制徴兵」と「個人の自由」との決して相容れることのない矛盾は現在を生きる私たちに突きつけられている、生々しい言葉となっているのです。

あとがき

夏目漱石の小説をはじめて読んだのは、中学一年生の夏休みでした。プラハでの五年間の生活を終えて帰国した翌年の夏、日本的な社会に対する異文化ショックの只中にあったときです。担任の教師によれば『吾輩は猫である』は、ユーモア小説だということだったのですが、私は悲惨な小説として読むしかありませんでした。猫の境遇がそのときの自分に重ねられていたからです。

人間の言葉はわかるが、自分は話せない。人間社会のあらゆる事象が異様に見える。自分の必死のあがきが、人間には滑稽に見える。それら一切のことを訴える相手もいない。自分にしかわからない言説が、とめどなくあふれでるだけ……。人間を日本人におきかえると、当時の私の状況とまったく同じであると感じてしまったわけです。もちろん、こうした思いを綴った感想文は大いなる誤読として一笑に付され、誤読をした少年期の自分は日本社会を生きぬくために抑圧されていくことになります。高校時代に読んだ『こゝろ』についても事情は同じでした。「漱石」という筆名は、私が日本語がわからず日本文学が読めないことを象徴する、日本人社会へのコンプレックスをあらわす記号になったのです。

日本近代文学を研究しはじめたことを口実に、中年にさしかかった頃、かつて誤読とされた読みを正当化するような、「漱石」の小説をめぐる論文をいくつか書きました。その中で気づいたのは、「漱石」の小説が、通説から私の誤読までを可能にする、対極に引き裂かれつつ、その両極の間でゆらぐような構造と言葉の運動を内包しているということです。一つの観点から論文を書き終ったとき、まったく逆の立場からの主張が、自分の中に形成されてしまうのです。

専門の「漱石」研究者ではない私が、「漱石」について考えつづけなければならなくなってしまったのは、このとめどないゆらぎを生み出す力の場をとらえてみたかったからです。本書は一見伝記的事実に即しているかのような書かれ方をされていますが、それは文豪や偉大な思想家として出来上った「漱石」から、過去をふりかえるような伝記とは似て非なるものです。突発的な事故のような偶然に見まわれた瞬間のそのときどきに、「漱石」という筆名をもつ男が選びとった実践と思考の現場だけを記述したつもりです。

私の中の「漱石」像は、いまでもゆらいでいます。そのあやうさこそが「漱石」であると確信してもいます。この運動を静止させないためにも、読者であるあなたが、「漱石」の小説に立ち戻り、あらたなゆらぎを生成しはじめてくださることを期待しています。

　遅々として進まぬジグソーパズルのような原稿を、毎週取りに来てくださった筑摩書房新書編集部の湯原法史さん、そしてこの課題を与えてくださり、ねばり強く励ましつづけていただいた井崎正敏さんに心から感謝いたします。

一九九五年五月一四日

小森陽一

岩波現代文庫版へのあとがき

ちくま新書版の『漱石を読みなおす』を出版したのは、一九九五年でした。その二年前から石原千秋さんとの共同編集で、雑誌『漱石研究』(翰林書房刊)をはじめていました。この雑誌は二〇〇五年に終刊となりました。

前年の六月一〇日に、井上ひさし、梅原猛、大江健三郎、小田実、奥平康弘、加藤周一、澤地久枝、鶴見俊輔、三木睦子氏が「九条の会」を発足させ、その事務局長を私が担うことになり、雑誌の編集に責任を持てなくなったことも、終刊の一つの理由でした。

二〇〇五年は、漱石夏目金之助が『吾輩は猫である』(『ホトトギス』)、『倫敦塔』(『帝国文学』)、『カーライル博物館』(『学燈』)を、ほぼ同時に発表して小説家となってから百年目でした。

『夢十夜』の「第一夜」で、「静かな声でもう死にます」と言った女は、「百年待つてゐて下さい」と言います。「屹度(きっと)逢ひに来ますから」とも。その言葉の証しのように、「百合」の花が咲き、「自分」は「百年はもう来てゐたんだな」と気づくのです。

このように漱石夏目金之助の小説と出会いなおしたいという思いで、「百年」の歴史認識をふまえて、漱石夏目金之助の書いた小説を読みなおしていこうと私は決めました。「九条の会」を結成したのは、このときの小泉純一郎政権が、「陸海空軍その他の戦力」ではないとされてきた日本の自衛隊を、戦場であるイラクに派遣すると同時に、アメリカから日本国憲法九条二項を変えろという強い圧力がかけられていたからです。

二〇〇五年秋の「郵政民営化」をめぐる解散総選挙で、改憲のできる議席数を獲得した自由民主党は「自衛軍を保持する」ことを明記した新憲法草案を出しました。「百年」の歴史の中で漱石夏目金之助の書いた小説を読みなおす実践を、日本を「戦争をする国」にするか否かのせめぎ合いの中で、日本国憲法九条をまもり生かしていく運動にかかわる日々の中で行っていくことになりました。

結果として『漱石を読みなおす』で書いたことは、「百年」単位で漱石を読みなおすうえで、なお有効であることを確信しました。

第二次安倍晋三政権は、二〇一四年七月一日の閣議決定で、それまでの歴代内閣が憲法九条違反だとしていた「集団的自衛権」の行使を容認し、翌二〇一五年九月一九日、戦争法としての「安全保障関連法」を強行採決し、二〇一六年三月二九日に施行されました。こうした状況をふまえて、第九章だけは大幅に書き直しました。

しかしこの「あとがき」を書いている段階で戦争法としての「安全保障関連法」は、施行されたにもかかわらず使われていません。それは憲法制定権限をもつ、この日本という国の国民が、主権者として日本国憲法に基づき、この法制は「違憲だ！」と強行採決以後も主張しつづけているからです。日本という国の立憲主義は、草の根運動を通じて、一人ひとりの主権者が立ち上がることによって、日々実現されながら更新されているのです。

漱石夏目金之助が考えた、「今日夜に起りつつある」「個人の革命」が、没後百年の現在において、より力強く遂行されつつあることを、私はあらためて確信しています。

漱石夏目金之助が、自らの小説の中で描き出そうとしたのは、「個人の個性」を生きぬける人間になるためには、どのようなことがその阻害要因になっているかを明確にするということではなかったのかと思います。

漱石夏目金之助没後百年の年に、岩波現代文庫で『漱石を読みなおす』を、二一世紀日本の時代状況と切り結ぶ形で、読者のみなさんにお届けできることは、私にとって大きな喜びです。

本書を実現するために全力を尽していただいた岩波書店の中西沢子さんに、心から感謝いたします。

二〇一六年五月一四日

小森陽一

本書は一九九五年六月、ちくま新書として刊行された。
現代文庫化に際し、大幅な増補・改訂を施した。

漱石を読みなおす

2016年7月15日　第1刷発行
2021年8月25日　第3刷発行

著　者　小森陽一（こもりよういち）

発行者　坂本政謙

発行所　株式会社 岩波書店
〒101-8002 東京都千代田区一ツ橋2-5-5

案内 03-5210-4000　営業部 03-5210-4111
https://www.iwanami.co.jp/

印刷・精興社　製本・中永製本

ISBN 978-4-00-602279-2　　Printed in Japan

岩波現代文庫創刊二〇年に際して

二一世紀が始まってからすでに二〇年が経とうとしています。この間のグローバル化の急激な進行は世界のあり方を大きく変えました。世界規模で経済や情報の結びつきが強まるとともに、国境を越えた人の移動は日常の光景となり、今やどこに住んでいても、私たちの暮らしは世界中の様々な出来事と無関係ではいられません。しかし、グローバル化の中で否応なくもたらされる「他者」との出会いや交流は、新たな文化や価値観だけではなく、摩擦や衝突、そしてしばしば憎悪までをも生み出しています。グローバル化にともなう副作用は、その恩恵を遥かにこえていると言わざるを得ません。

今私たちに求められているのは、国内、国外にかかわらず、異なる歴史や経験、文化を持つ「他者」と向き合い、よりよい関係を結び直してゆくための想像力、構想力ではないでしょうか。

新世紀の到来を目前にした二〇〇〇年一月に創刊された岩波現代文庫は、この二〇年を通して、哲学や歴史、経済、自然科学から、小説やエッセイ、ルポルタージュにいたるまで幅広いジャンルの書目を刊行してきました。一〇〇〇点を超える書目には、人類が直面してきた様々な課題と、試行錯誤の営みが刻まれています。読書を通した過去の「他者」との出会いから得られる知識や経験は、私たちがよりよい社会を作り上げてゆくために大きな示唆を与えてくれるはずです。

一冊の本が世界を変える大きな力を持つことを信じ、岩波現代文庫はこれからもさらなるラインナップの充実をめざしてゆきます。

（二〇二〇年一月）

岩波現代文庫[文芸]

B278
ラニーニャ
伊藤比呂美

あたしは離婚して子連れで日本の家を出た。心は二つ、身は一つ…。活躍し続ける詩人の傑作小説集。単行本未収録の幻の中編も収録。

B279
漱石を読みなおす
小森陽一

戦争の続く時代にあって、人間の「個性」にこだわった漱石。その生涯と諸作品を現代の視点からたどりなおし、新たな読み方を切り開く。

B280
石原吉郎セレクション
柴崎聰編

石原吉郎は、シベリアでの極限下の体験を硬質にして静謐な言葉で語り続けた。テーマ別に随想を精選、詩人の核心に迫る散文集。

B281
われらが背きし者
ジョン・ル・カレ
上岡伸雄
上杉隼人訳

恋人たちの一度きりの豪奢なバカンスがマフィアの取引の場に！ 政治と金、愛と信頼を賭けた壮大なフェア・プレイを、サスペンス小説の巨匠ル・カレが描く。〈解説〉池上冬樹

B282
児童文学論
リリアン・H・スミス
石井桃子
瀬田貞二
渡辺茂男訳

子どものためによい本を選び出す基準とは何か。児童文学研究のバイブルといわれる名著が、いま文庫版で甦る。〈解説〉斎藤惇夫

2021.8

岩波現代文庫[文芸]

B283
漱石全集物語
矢口進也

なぜこのように多種多様な全集が刊行されたのか。漱石独特の言葉遣いの校訂、出版権をめぐる争いなど、一〇〇年の出版史を語る。〈解説〉柴野京子

B284
美は乱調にあり ―伊藤野枝と大杉栄―
瀬戸内寂聴

伊藤野枝を世に知らしめた伝記小説の傑作が、文庫版で蘇る。辻潤、平塚らいてう、そして大杉栄との出会い。恋に燃え、闘った、新しい女の人生。

B285-286
諧調は偽りなり(上・下) ―伊藤野枝と大杉栄―
瀬戸内寂聴

アナーキスト大杉栄と伊藤野枝。二人の生と闘いの軌跡を、彼らをめぐる人々のその後とともに描く、大型評伝小説。下巻に栗原康氏との解説対談を収録。

B287-289
口訳万葉集(上・中・下)
折口信夫

生誕一三〇年を迎える文豪による『万葉集』の口述での現代語訳。全編に若さと才気が溢れている。〈解説〉持田叙子(上)、安藤礼二(中)、夏石番矢(下)

B290
花のようなひと
佐藤正午
牛尾篤画

日々の暮らしの中で揺れ動く一瞬の心象風景を〝恋愛小説の名手〟が鮮やかに描き出す。秀作「幼なじみ」を併録。〈解説〉桂川潤

2021.8

岩波現代文庫[文芸]

B291
中国文学の愉しき世界
井波律子

烈々たる気概に満ちた奇人・達人の群像、壮大にして華麗な中国的物語幻想の世界！ 中国文学の魅力をわかりやすく解き明かす第一人者のエッセイ集。

B292
英語のセンスを磨く
―英文快読への誘い―
行方昭夫

「なんとなく意味はわかる」では読めたことにはなりません。選りすぐりの課題文の楽しく懇切な解読を通じて、本物の英語のセンスを磨く本。

B293
夜長姫と耳男
近藤ようこ漫画
坂口安吾原作

長者の一粒種として慈しまれる夜長姫。美しく、無邪気な夜長姫の笑顔に魅入られた耳男は、次第に残酷な運命に巻き込まれていく。〔カラー6頁〕

B294
桜の森の満開の下
近藤ようこ漫画
坂口安吾原作

鈴鹿の山の山賊が出会った美しい女。山賊は女の望むままに殺戮を繰り返す。虚しさの果てに、満開の桜の下で山賊が見たものとは。〔カラー6頁〕

B295
中国名言集 一日一言
井波律子

悠久の歴史の中に煌めく三六六の名言を精選し、一年各日に配して味わい深い解説を添える。毎日一頁ずつ楽しめる、日々の暮らしを彩る一冊。

2021.8

岩波現代文庫[文芸]

B301-302
またの名をグレイス(上・下)
マーガレット・アトウッド
佐藤アヤ子訳

十九世紀カナダで実際に起きた殺人事件を素材に、巧みな心理描写を織りこみながら人間存在の根源を問いかける。ノーベル文学賞候補とも言われるアトウッドの傑作。

B303
塩を食う女たち
聞書・北米の黒人女性
藤本和子

アフリカから連れてこられた黒人女性たちは、いかにして狂気に満ちたアメリカ社会を生きのびたのか。著者が美しい日本語で紡ぐ女たちの歴史的体験。〈解説〉池澤夏樹

B304
余白の春
―金子文子―
瀬戸内寂聴

無籍者、虐待、貧困――過酷な境遇にあって自らの生を全力で生きた金子文子。獄中で自殺するまでの二十三年の生涯を、実地の取材と資料を織り交ぜ描く、不朽の伝記小説。

B305
この人から受け継ぐもの
井上ひさし

著者が深く関心を寄せた吉野作造、宮沢賢治、丸山眞男、チェーホフをめぐる講演・評論を収録。真摯な胸の内が明らかに。〈解説〉柳 広司

B306
自選短編集 パリの君へ
高橋三千綱

売れない作家の子として生を受けた芥川賞作家が、デビューから最近の作品まで単行本未収録の作品も含め、自身でセレクト。岩波現代文庫オリジナル版。〈解説〉唯川 恵

岩波現代文庫[文芸]

B307-308
赤い月(上・下)
なかにし礼

終戦前後、満洲で繰り広げられた一家離散の悲劇と、国境を越えたロマンス。映画・テレビドラマ・舞台上演などがなされた著者の代表作。〈解説〉保阪正康

B309
アニメーション、折りにふれて
高畑勲

自らの仕事や、影響を受けた人々や作品、苦楽を共にした仲間について縦横に綴った生前最後のエッセイ集、待望の文庫化。〈解説〉片渕須直

B310
花の妹 岸田俊子伝
―女性民権運動の先駆者―
西川祐子

京都での娘時代、自由民権運動との出会い、政治家・中島信行との結婚など、波瀾万丈の生涯を描く評伝小説。文庫化にあたり詳細な注を付した。〈解説〉和崎光太郎・田中智子

B311
大審問官スターリン
亀山郁夫

自由な芸術を検閲によって弾圧し、政敵を粛清した大審問官スターリン。大テロルの裏面と独裁者の内面に文学的想像力でせまる。文庫版には人物紹介、人名索引を付す。

B312
声の力
―歌・語り・子ども―
河合隼雄
阪田寛夫
谷川俊太郎
池田直樹

童謡、詩や絵本の読み聞かせなど、人間の肉声の持つ力とは？ 各分野の第一人者が「声」の魅力と可能性について縦横無尽に論じる。

2021. 8